Elle, c'est Louise

1. Intégration difficile !

Camille LAURENT

www.victoretanais.com

Victor et Anaïs

Droits et permissions : Les éditions Victor et Anaïs
9, av. de Gironde, Candiac, Québec, CANADA J5R 3V7
Tél. : +1 514 572-6117
info@victoretanais.com

Texte : Camille Laurent
Conception graphique : Studio Créatick inc.
Conception de la couverture : Studio Créatick inc.
Correction et révision d'épreuves : Ginette Bédard / GB-sansfaute
Révision linguistique : Patrick Moisan

Dépôt légal : 2019
Bibliothèque et Archives nationales du Québec.

ISBN papier : 978-2-9249-3419-7
ISBN numérique : 978-2-9249-3420-3

Commercialisation en France, Belgique et Suisse :
Kennes
Rue de la Blanche Borne 15
6280 Gerpinnes
Belgique
Tél. : +32 71 51 04 47
www.kennes.fr

À toi, tout simplement.

1

Ça y est ! Je m'apprête à monter dans cet avion qui va m'emmener loin de tous mes amis, d'une partie de ma famille, de ma ville, de ma maison, de ma chambre, de mon quotidien, et surtout, loin de lui.

À l'heure actuelle, j'en veux à mes parents de me faire ça. Quelle idée ont-ils eu de vouloir nous faire tous déménager de l'autre côté de la planète, dans un pays où les gens se déplacent avec des chiens de traîneaux et sont tous bûcherons ?

Je sais, j'exagère légèrement, mais étant donné la situation, j'en ai le droit. Je n'avais rien demandé, moi. Ah si, une seule chose : que l'on me laisse terminer le lycée ici, en France, à Lyon avec mes amis. Je pouvais très bien déménager chez mamie ou même vivre seule pendant un an. J'aurais peut-être fait brûler la maison en me faisant cuire des pâtes, mais ils auraient quand même pu songer à cette idée au lieu de rigoler.

Mais non, à la place je me retrouve dans l'une des salles d'embarquement de l'aéroport Saint-Exupéry pour partir vivre à Montréal, à 6 000 kilomètres.

Face à moi, mes parents, Yves et Isabelle. À leurs côtés, Jules et Chloé, dits les jumeaux. Les deux petits derniers de la famille, pas spécialement prévus au programme. Et à côté de moi, mon frère Mathieu, tout aussi heureux que moi à l'idée de se trouver ici.

Je croise le regard de ma mère qui nous observe. Après quelques secondes, elle finit par nous dire, avec un sourire qui se veut réconfortant :

— Louise, Mathieu, pouvez-vous arrêter de faire cette tête ? Ce n'est pas la fin du monde, bien au contraire. Vous allez voir, ça va être une magnifique aventure.

Facile à dire, pour elle... C'est eux qui l'ont voulu, pas nous.

— Ah, mais moi je n'avais pas du tout envie d'aventure, je voulais juste que les choses restent comme elles étaient et non quitter mes amis, mon club et tout le reste, dit Mathieu.

Je comprends que mon frère soit énervé contre eux. Avec son très bon niveau en natation, il commençait à se faire repérer par des recruteurs, des *sponsors*, et a été obligé de tout laisser en plan, comme ça. Mes parents lui ont dit qu'il aurait d'autres opportunités au Canada et qu'elles seraient bien meilleures. Ça reste à prouver. Pour le moment, il n'y croit pas vraiment et a peur que tout soit foutu. La voix d'une hôtesse me sort de mes pensées lorsque j'entends :

« Les passagers du vol AF0307 sont appelés à l'embarquement, les passagers du vol AF0307. »

C'est le moment, et je n'ai aucun moyen de m'échapper. J'ai pourtant envie de partir en hurlant, de courir dans tous les sens pour que l'on me pense folle et que l'on m'interdise de monter dans cet avion ! Mais je suis bien trop trouillarde pour me faire autant remarquer. Ça, c'est une chose que ma meilleure amie Mia aurait faite. Elle a bien campé dans notre jardin en signe de protestation à l'annonce de notre départ, donc hurler dans un aéroport n'aurait été qu'une formalité pour elle ! Elle me manque déjà tellement !

Je déteste ma vie !

Nous nous levons tous, ma mère s'approche en nous regardant à tour de rôle et dit :

— Faites-nous un peu confiance, tout va bien se passer. On a toujours cherché le meilleur pour vous et cette opportunité était la meilleure pour votre père et pour nous tous. Donnez-nous au moins une chance et essayez de prendre exemple sur les jumeaux. Ils sont ravis, eux.

— Maman, ils ont 6 ans... Un coloriage, une peluche, un paquet de bonbons et ils sont heureux. Ils n'ont aucune idée de ce qui les attend, lui dis-je en regardant Jules et Chloé qui tirent les bras de notre père et trépignent d'impatience à l'idée de monter dans l'avion.

— J'attends de voir s'ils ont de vraies piscines avant de vous laisser une chance, lui dit Mathieu en mettant son sac sur son dos et en allant voir papa.

— Et toi, quelles sont tes revendications pour que tu nous laisses une chance ?

— Je suppose que me laisser ici ne va pas être accepté, que tu ne peux pas non plus faire apparaître un « portoloin », donc je vais me rabattre sur la possibilité d'avoir la plus grande chambre. Pour le reste, je vais y réfléchir, lui dis-je avec un sourire en coin.

Si déjà je peux avoir une chambre plutôt sympa, ça pourrait adoucir un peu les choses. Ça risque d'être l'endroit où je vais passer le plus de temps, donc autant qu'elle me plaise.

— Je vais voir ce que je peux faire pour la chambre. Et je n'ai pas de « portoloin », mais il y a une cheminée dans la maison si jamais tu veux essayer de te téléporter, il te faut juste trouver de la poudre de « cheminette ». À toi de jouer ma grande.

— Très drôle, maman, dis-je avec une pointe d'ironie.

Je souris sans qu'elle le voie. Ma mère aime tout autant que moi l'univers de Harry Potter et, au fil des années, c'est devenu notre truc à nous de placer des références dans nos conversations de temps à autre.

Notre tour pour embarquer arrive. Nous remettons nos passeports et nos billets d'avion à l'hôtesse.

Elle nous remercie, scanne le tout et nous fait signe que nous pouvons nous diriger vers l'avion.

Je marche vers l'inconnu et je n'aime pas spécialement ça. J'aimais ma vie ici, même si elle était loin d'être parfaite. Au moins, j'avais mes repères, mon quotidien, mes amis, mais à partir de maintenant, je n'ai plus rien et tout va changer.

Je regarde ma famille s'installer dans l'avion. Mes parents sont l'un à côté de l'autre, Chloé à droite de ma mère et Jules à côté de mon père.

J'ai beau leur en vouloir, je les trouve toujours beaux et complices dès que je les vois ensemble à se donner la main.

J'ajuste mon casque audio, lance une chanson du groupe Genesis et ferme les yeux en me disant que le premier jour du reste de ma nouvelle vie va commencer dans 8 heures, de l'autre côté de l'Atlantique. Il ne me reste plus qu'à croiser les doigts pour que tout ne tourne pas à la catastrophe.

2

Et voilà, nous y sommes ! L'avion a atterri à l'heure, nous avons rapidement passé les douanes et tout le monde a récupéré sa valise. Enfin, tout le monde sauf moi. Non, la mienne a visiblement décidé de rester en France pour encore quelques heures. Si elle pouvait faire le trajet rapidement, ça m'arrangerait.

D'autant plus que le reste de nos affaires ne va arriver par bateau que dans une semaine ou deux.

Je regarde le paysage défiler par la fenêtre du taxi qui nous emmène jusqu'à notre nouvelle maison. Tout me paraît tellement différent. Les grands buildings desquels nous nous rapprochons, les immenses panneaux publicitaires le long de l'autoroute et les panneaux verts qui nous indiquent la direction de Montréal. J'ai l'impression d'avoir été transportée dans une série télé américaine. Je vais garder ça pour moi, mais je dois avouer que j'aime assez ce qui défile devant mes yeux.

Le trajet dure une grosse demi-heure et nous finissons par arriver devant ce qui va visiblement être notre nouvelle maison. L'entreprise dans laquelle mon père travaille s'est occupée de presque tout. Mes parents n'ont eu qu'à dire quelle maison ils voulaient louer parmi différents choix. Travailler dans l'informatique a l'air d'aider ici. Surtout quand je vois la maison en face de moi. Une petite allée en béton est encadrée par du gazon.

Le tout mène à quelques marches d'escalier qui permettent d'accéder à une petite terrasse qui borde la façade en brique rouge de la maison.

Pourvu que ce ne soit pas une blague et que ce soit bien notre maison.

Ma mère se penche vers moi :

— Alors, ce n'est pas si mal pour le moment, non ?

J'attends de voir ma chambre, lui dis-je avec un petit sourire en coin.

La déco est l'une de mes passions et ma mère le sait très bien. Elle doit déjà se douter que je suis impatiente de voir l'intérieur. Quand j'étais enfant et que mes parents cherchaient une autre maison, j'allais à toutes les visites et, si elle me plaisait, j'imaginais chacun des meubles à tel ou tel endroit.

Mon père paye le taxi, remercie le chauffeur et se tourne vers nous en disant :

— On reste sur le trottoir ou on se décide à aller voir l'intérieur ?

Nous récupérons toutes les valises et nous le suivons tous en file indienne le long de l'allée qui mène à la maison.

Une fois la porte passée, nous arrivons dans un hall d'entrée où nous pouvons ranger les manteaux, vestes et chaussures. La seconde porte nous permet d'entrer vraiment dans le cœur de la maison. C'est tellement beau !! Vide, étant donné qu'il n'y a pas de meubles, mais beau.

Nous nous trouvons dans une immense pièce ouverte qui va sûrement être le salon, la salle à manger ainsi que la cuisine, que j'aperçois au fond. Le mur principal est en briques. J'ai toujours trouvé ça magnifique dans une maison. Une cheminée sur ce mur en briques sert de séparation entre le côté salon et la cuisine. Je vois une porte au fond qui donne sûrement sur le jardin, mais je ne prends pas le temps d'aller vérifier. Les minutes sont comptées, c'est là que tout va se jouer.

Je veux voir les chambres avant tout le monde pour pouvoir choisir en premier.

Je laisse donc tout le monde aller vers la cuisine pendant que je grimpe les marches de l'escalier qui était juste en face de l'entrée. À l'étage, trois pièces que je devine être des chambres et une salle de bain. C'est quoi l'entourloupe ? Hors de question que je dorme avec Mathieu ! Ah non ! J'ai déjà tout laissé en France, et ça inclut même ma valise, donc je refuse de renoncer à mon intimité !

Je redescends tout aussi vite que je suis montée en criant :

— Mamaaaannn ! Là je dis non ! Vous m'avez forcée à déménager à l'autre bout du monde, mais je refuse que vous me forciez à partager ma chambre avec Mathieu ou l'un des jumeaux. J'ai besoin de mon endroit à moi !

— Quoi ? Non, non, non, non, non ! surenchérit Mathieu.

— Du calme, tu ne nous as même pas laissé le temps de vous faire visiter. Ouvre cette porte, me dit mon père en me montrant une porte sous l'escalier.

— J'aime Harry Potter, mais pas de là à dormir dans un placard, dis-je en bougonnant.

— Je vois ma mère se moquer d'un coin de l'œil et me montrer la porte d'un mouvement de tête. En l'ouvrant, je me retrouve devant un escalier qui descend. Pendant une seconde, je me dis qu'en fait je ne vais pas être l'enfant du placard, mais de la cave. En arrivant en bas je découvre tout, sauf une cave miteuse qui fait peur ! Je reste muette.

— On a pensé que ça te plairait d'avoir une grande chambre au calme dans ton coin et avec ta propre salle de bain, me dit ma mère en arrivant derrière moi.

— Elle a fait des bêtises, Louise, pour dormir dans la cave ? demande Chloé sans oser descendre les marches.

— Mais non, ne t'inquiète pas et ce n'est pas une cave. Bon, alors ça te plaît ou on la propose à Mathieu ? demande mon père en prenant Chloé dans ses bras et en donnant la main à Jules pour l'aider à descendre.

— Si tu ne la veux pas, moi je dis oui de suite ! répond Mathieu.

— Non, c'est bon, je la garde ! J'ai le droit de la décorer et de l'aménager comme j'ai envie ? Non, parce que là je peux mettre mon bureau, là mon lit, là mon...

— Oui, tu peux faire presque tout ce que tu veux, me coupe mon père en rigolant. Par contre, évite de casser des murs.

— OK, dis-je en souriant.

J'aime déjà ma chambre, même si pour le moment elle ne contient qu'un matelas...

Maman, on va tous dormir ici ? demande Jules en bâillant.

— Mais non, mon grand. Allez, venez, on va vous montrer les autres pièces, lui dit ma mère en le prenant dans ses bras.

Le voyage et le décalage horaire nous ont tous épuisés. Je les laisse tous sortir de ma chambre et reste là à regarder cette grande pièce vide, en essayant d'imaginer à quoi elle va pouvoir ressembler quand j'aurai tout décoré. Elle va être géniale ! Mes parents marquent des points sur ce coup-là. J'ai totalement conscience qu'ils viennent de m'acheter avec cette chambre, mais pour le coup je ne vais pas râler.

Demain : achat de meubles, et pour le reste, il va falloir attendre que nos affaires envoyées par bateau arrivent et que l'on retrouve ma valise.

3

Voilà une semaine que j'ai été arrachée de force à mes amis. OK, j'exagère un peu en disant arrachée, bien que...

Résumons cette première semaine à l'autre bout du monde :

- Nombre d'heures passées au téléphone avec Mia et d'autres amis : 19 heures... C'était nécessaire.

- Nombre de jours passés à décorer ma nouvelle chambre : 7... Il n'y a plus qu'à attendre l'arrivée de mes cartons, et elle sera parfaite.

• Nombre de sorties dans les magasins pour équiper la maison : 12... J'aurais voulu plus, mais il n'y a que moi qui vois ça comme une activité passionnante.

• Nombre de jours sans soleil : 7... Nous sommes le 15 juillet et il ne fait que pleuvoir depuis le lendemain de notre arrivée. J'espère qu'ils connaissent le soleil ici.

• Et pour finir, nombre de jours sans valise : 7 !!! Je commence à songer à une machination ou un « valisenapping » ! RENDEZ-LA-MOI !!

J'avais accepté de prendre quelques vêtements à ma mère, étant donné que nous faisons à peu près la même taille, mais je me disais que c'était seulement pour un jour ou deux et non pour une durée indéterminée.

Le point positif est qu'en dehors d'être allée acheter de quoi meubler la maison, je n'ai pas eu à me confronter au monde extérieur. J'ai passé la majeure partie de mon temps à décorer ma chambre pour m'y sentir bien. J'ai repeint le mur principal en noir, pour qu'il contraste avec ma tête de lit en bois clair. Dès que nos cartons seront arrivés, je pourrai y coller diverses photos. Face à un autre mur se trouve un grand bureau avec au-dessus de celui-ci un tableau en liège. Et j'ai placé une bibliothèque pour mes livres, ainsi qu'une commode dans un autre coin de la pièce, entre la porte de ma salle de bain et celle de mon placard.

Vivement l'arrivée des cartons pour que je puisse remplir ces meubles vides et me sentir un peu plus chez moi. Pour le moment, ce sont les soirs que je redoute le plus, mes amis en France sont couchés, je ne peux appeler personne et c'est à ce moment-là que je me sens la plus seule.

Lundi matin, il est seulement 6 h 30, je n'ai rien de prévu aujourd'hui, mais je suis déjà réveillée et c'est comme ça depuis notre arrivée.

Ce n'est pas à cause du décalage horaire, mais parce que dans ce pays ils n'ont pas trouvé utile de mettre des volets aux fenêtres. Et même si ma chambre est en semi-sous-sol, j'ai des fenêtres qui laissent passer beaucoup trop de lumière étant donné l'heure. Bizarrement, aujourd'hui c'est plus lumineux que les autres jours. Peut-être que le soleil est enfin arrivé. Je me tourne pour regarder le temps qu'il fait et, miracle, le soleil est là. C'est décidé, aujourd'hui je sors !

En arrivant dans la cuisine, je tombe sur ma mère qui est déjà en train de préparer le petit déjeuner aux jumeaux, pendant qu'ils essayent de danser sur une chanson de France Gall. Jules a hérité lui aussi de cette incapacité à danser que nous a transmise notre père. Une malédiction selon moi.

— Bonjour, ma grande, bien dormi ? me demande ma mère quand je lui fais un bisou, pendant qu'elle découpe des fruits.

— Pas trop mal, si je fais abstraction de l'heure plus que matinale.

— Aujourd'hui, on trouve des rideaux pour toutes les chambres. Nous aussi on a du mal à s'y faire. Il n'y a que Mathieu qui pourrait dormir, même s'il y avait un tremblement de terre. Quel est ton programme aujourd'hui ?

— Aucune idée encore, peut-être aller explorer le monde extérieur et faire quelques photos, je ne sais pas trop.

— Très bonne idée, ça ! Tu ne veux pas un des jumeaux en guise de compagnie ? Je garderai l'autre pour ma mission rideaux !

— Pourquoi pas, oui !

Chloé sera parfaite même si elle n'a pas la langue dans sa poche.

— Hier soir, je me disais que tu pourrais aussi te trouver un emploi pour cet été, ça te permettrait de t'occuper un peu et de rencontrer du monde, non ? Beaucoup de jeunes travaillent à seize ou dix-sept ans ici.

L'idée n'est pas mauvaise, un emploi me permettrait de m'occuper un peu et surtout de gagner un peu d'argent. Mais est-ce que je vais être à la hauteur ?

— Ce serait bien, oui, mais je ne sais pas où. Je ne connais rien ni personne ici. Je n'ai même pas de CV... lui dis-je, en stressant déjà à l'idée d'avoir à affronter des étrangers.

— Va déjà te promener en faisant du repérage avant de paniquer, me dit ma mère avec un petit sourire.

Elle a raison, une douche et je sors explorer le quartier !

4

Je pense n'avoir jamais été aussi heureuse de voir le soleil. Après des jours de pluie et un déménagement forcé à l'autre bout du monde, ce soleil me fait un bien fou. Ça fait 15 minutes que nous marchons et j'ai déjà fait une bonne vingtaine de photos. Tout me paraît tellement ordonné. Les rues sont quadrillées, soit verticalement, soit horizontalement. Les gazons devant les maisons sont coupés, il n'y a pas de déchets dans les rues, pas un *chewing-gum* ni aucune crotte de chien sur les trottoirs.

Ça change de Lyon et, pour le coup, je dois reconnaître que c'est plaisant. D'après Google Maps nous vivons dans le quartier Outremont, juste à côté du parc du même nom. J'ai l'impression qu'il y en a tout un tas dans le quartier.

— Qu'est-ce que tu en penses ? demandé-je à Chloé.

— Qu'est-ce que je pense de quoi ?

— De ce que tu vois, le quartier, la vie ici, ta nouvelle chambre.

— Pour le moment, j'aime bien, mais mes jouets et mes doudous me manquent. Oh, et mamie aussi un peu, me dit-elle la mine un peu maussade, avant de hurler de joie en apercevant un écureuil et en lui courant après.

Les jouets passent donc avant mamie... Je me demande où je me situe dans sa liste. Peut-être juste derrière cet écureuil, mais ça me paraît plutôt normal pour une enfant de 6 ans.

Je calme ma chasseuse pour rejoindre l'avenue du Parc qui me paraît immense et qui a l'air de regorger de magasins en tous genres. Après avoir fait du lèche-vitrine devant différentes pâtisseries, regardé la fabrication de bagels pendant plusieurs minutes, nous atterrissons dans une grande librairie. C'est aussi le paradis des jouets, de la papeterie, de la cuisine et autres. Je pourrais y passer des heures. Nous déambulons au milieu des rayons en essayant toutes sortes de choses. Pour faire rire Chloé, je place une immense loupe de vingt centimètres de diamètre juste devant mon visage :

— Comment trouves-tu mes dents ? Et mon nez ? Et mon œil ? lui dis-je en changeant ma voix.

Aucune réaction de sa part, alors que je trouvais ça plutôt drôle. En baissant la loupe, pas de Chloé, mais un vendeur que j'avais vu aider des clients quelques minutes avant. Il est brun, les cheveux longs attachés pour faire un bun, des yeux marron foncé et il a été taillé directement dans un séquoia géant étant donné sa carrure.

Je ne suis pas toute petite avec mes 1,65 m, mais à côté de lui, je ne parais pas bien grande.

Il doit être un peu plus âgé que moi, à mon avis. J'arrête de l'ausculter de haut en bas quand je me rends compte qu'il est toujours en face de moi, à me regarder fixement.

— Tu veux vraiment mon avis ? me demande-t-il avec un sourire ironique.

— Euh... non, mais... euh...

J'aperçois Chloé quelques mètres plus loin, complètement captivée par une statuette de chaton à la tête amovible. Je la vois bouger la sienne en même temps. J'aurais envie de rire et de la filmer si la gêne de la situation n'était pas présente. Je relève les yeux vers la montagne en face de moi.

— J'te niaise, j'savais que c'était pas à moi que tu parlais, me dit-il en regardant vers Chloé.

Il me quoi ?? Ça veut dire quoi ? Pourquoi il dit que je suis niaise ?

— Tu me quoi ?

— Ça fait pas longtemps qu'tu demeures ici, toi. J'me trompe ?

C'est quoi cet accent ?! Je savais qu'ils en avaient un, mais pas aussi fort ! Nous parlons théoriquement la même langue, mais à première vue ça a l'air quand même très différent. Premier Québécois que je rencontre ! Je n'étais pas prête, je ne le suis toujours pas d'ailleurs et je ne sais pas si je le serai un jour. Il faut que je réponde quelque chose, mais quoi ? Vite, vite !

— Ex-cuse-moi, mais je viens d'a-rri-ver ici et je ne com-prends pas tout ce que tu dis à cause de ton ac-cent, lui dis-je en parlant fort et en articulant à l'extrême chaque syllabe, comme si je parlais à une personne malentendante.

Au même moment, je me rends compte que je dois avoir l'air totalement ridicule. Bordel, Louise, tu t'enterres... J'imagine déjà Mia pleurer de rire. Et merde, mieux vaut que je me taise.

— Je te di-sais que je ri-go-lais et je te di-sais que tu ve-nais d'em-mé-na-ger ici, non? dit-il en articulant tout autant.

C'est donc confirmé, j'ai eu l'air vraiment stupide. Parfait! Je dois être rouge-écarlate.

Je vais vite aller m'enfermer dans ma cave et ne plus jamais en sortir. Avant que je ne puisse lui répondre, Chloé arrive en courant pour me montrer une peluche qu'elle vient de dénicher.

— On peut la prendre, s'il te plaîîîît? essaye-t-elle de m'amadouer avec ses yeux de biche.

— Impossible, je n'ai pas emporté d'argent avec moi.

Elle se tourne alors vers le vendeur et lui dit :

— Et toi, tu peux me l'offrir?

— CHLOÉ! lui dis-je en lui faisant de gros yeux.

Cette enfant est irrécupérable. Un culot sans pareil.

— Il n'est pas obligé, je demandais, c'est tout.

— Tu as demandé et maintenant tu vas aller la reposer ! lui dis-je, en lui montrant l'endroit où elle l'a prise.

— Rooooh, c'est bon, dit-elle en partant tout en soufflant.

— Désolée, elle est née sans l'option savoir-vivre, dis-je au vendeur en me tournant vers lui.

— C'est de famille, non ? me répond-il.

— C'est mérité, dis-je en voulant disparaître, tellement j'ai honte.

— Un peu. T'en fais pas trop, on a l'habitude avec vous autres les Français. Bon, je vais y aller si tu n'as pas besoin d'un renseignement.

— Euh, non, c'est bon.

— Au fait, avant que je parte, sache qu'ici c'est toi qui as un accent et non pas moi.

Il s'approche tout près de mon oreille et ajoute tout bas :

— Et pour répondre à ta question, je trouve que tu as de très beaux yeux.

Sans rien ajouter de plus, il se retourne et part en me laissant au milieu des rayons, la loupe toujours à la main. Ce premier contact avec un autre être humain sur ce nouveau continent a été un fiasco. Et même si j'espère ne plus jamais le recroiser, étant donné la honte que je viens d'éprouver, je dois avouer qu'il était plutôt mignon. Maintenant, partons vite avant qu'un autre Québécois vienne me parler et que je me ridiculise à nouveau.

5

En ouvrant la porte du cabanon au fond du jardin, je m'attends à tomber nez à nez avec une araignée, comme lorsque nous étions venus voir ce qu'il y avait là-dedans avec mon père, il y a quelques jours. L'une d'elles avait tenté de copiner avec moi en me tombant dessus. J'avais hurlé en sortant sous la pluie et en sautant partout pour qu'elle descende. Aujourd'hui, je reste plutôt perplexe. Il y a trois jours, il y avait plusieurs cartons dans ce cabanon quand nous étions venus.

Comme il pleuvait, j'avais proposé à mon père de m'en occuper dès qu'il ferait beau. Mais aujourd'hui, la cabane est presque vide. Mon père s'en est-il occupé ? Mais quand ? J'étais là tout le temps et aujourd'hui il commençait son premier jour de travail. En attendant d'obtenir la réponse, je peux toujours déplacer les quelques planches qui sont encore là, nettoyer l'établi et ranger les deux ou trois autres outils qui sont restés là.

Au moment de prendre la première planche, j'entends le refrain de *Baby one more time* chanter dans ma poche. C'est la sonnerie « spéciale Mia » qu'elle a elle-même décidé d'installer.

L'entendre me fait sourire chaque fois. Je décroche en disant :

— Devine quoi ?

— Tu as trouvé une place dans le prochain avion pour rentrer ? Non, mieux, tu es devant ma porte !

— L'idée est plaisante, mais non.

— Accouche, Lou, tu sais très bien que je n'aime pas les devinettes.

— J'ai suivi ton conseil.

— Lequel ? Celui de te faire expulser de ce pays pour pouvoir rentrer ?

— Non, ça, je suis toujours d'avis de ne pas le faire. Je doute que mes parents apprécient l'idée. Je pensais à ton conseil sur le fait de sortir explorer le monde extérieur au lieu de rester enfermée dans ma chambre.

— Ça n'annonce pas un retour, mais c'est déjà un bon point. Je commençais à t'imaginer en boule dans un coin de ta chambre à te manger les bulbes de cheveux ou mâchouiller un bout de ton oreiller. Et du coup, ça a donné quoi ?

— Le quartier est sympa, tout est tellement propre et bien entretenu que je me demande ce qu'ils ont à cacher... ça me paraît louche. On va détonner dans le quartier, c'est certain. Je suis allée apprivoiser les environs, avec Chloé, et pour finir, je me suis ridiculisée devant quelqu'un.

— Aaaaaaaah, là tu m'intéresses ! Dis-moi tout !

Je lui explique la loupe, le vendeur, l'intervention de ma sœur et ma sur-ar-ti-cu-la-tion.

— Louise Pineaut, ne t'arrête jamais d'être toi. Ne change jamais, me dit-elle de sa voix réconfortante. Bon, et ce vendeur a un prénom ?

— Théoriquement oui, mais jc ne sais pas lequel. Ce que je peux te donner comme info, c'est que c'est une armoire, je suis certaine qu'il a été taillé dans un séquoia, il fait sûrement deux têtes de plus que moi, il est brun avec des cheveux longs et les yeux marron foncé.

— Mignon ?

— Ça va, oui. Mais je te connais, ne commence pas à te faire des films. Je ne compte plus jamais le revoir ni même retourner dans ce magasin.

— Il est parti en te faisant un compliment, donc rien n'est perdu.

— Là n'est pas la question, je ne suis pas venue ici pour rencontrer quelqu'un.

— Lou, nouveau pays, nouvelle vie ! Personne ne te connaît là-bas, personne ne connaît ton passé, tu peux être qui tu veux !

— Je vais y songer, mais n'espère pas trop. Au fait, tu voulais me dire un truc en particulier quand tu m'as téléphoné ou tu voulais simplement entendre ma douce voix mélodieuse ? lui dis-je en espérant changer de sujet.

— Je te connais depuis qu'on a trois ans, ce qui fait donc que tu es ma meilleure amie depuis 14 ans. Crois-moi, je sais que ta voix est tout sauf mélodieuse lorsque tu chantes. J'étais là en CM2, pendant le spectacle sur Edith Piaf, et mes tympans saignent encore. Et pour répondre à ta question, non je n'avais rien de particulier à te raconter. Je meurs d'ennui, je n'ai vu presque personne de la bande et ma meilleure amie est à l'autre bout de la planète. Je devrais me trouver un emploi pour cet été, comme ça je pourrais venir te voir cet automne.

— J'adore l'idée ! Ma mère m'a aussi suggéré de me trouver un job afin d'occuper mes journées. Elle n'a pas tort, mais étant donné ma première sortie en terrain québécois, j'ai plus l'impression de partir à la guerre.

— Ne panique pas déjà ! Ils ne sont sûrement pas tous comme le séquoia géant. J'ai souvent entendu qu'ils étaient très accueillants dans ce pays. Il faut leur laisser une seconde chance, en plus je garde quand même en tête le « tu as de très beaux yeux ». Donc, ton nouvel objectif, en plus de retourner le voir, est de trouver un travail. Louise Pineaut, tu peux le faire ! Par contre un conseil : é-vi-te de trop ar-ti-cu-ler, OK ? se moque-t-elle en m'imitant.

— Je n'aurais jamais dû te le raconter ! Je te connais, tu vas utiliser ça pendant une décennie.

— Plusieurs décennies, tu veux dire ! Bon, allez, je dois te laisser. J'entends ma mère crier que l'on passe à table. On se rappelle vite, gros bisous !

Je n'ai même pas le temps d'ajouter quelque chose qu'elle a déjà raccroché. Au même moment, ma mère ouvre la porte de la maison avec les jumeaux à ses côtés qui déboulent comme des fusées, droit sur moi.

— Petrificus totalus ! dis-je en les pointant du doigt en espérant les stopper, ce qui fait sourire ma mère.

5, 4, 3, 2, 1, collision ! Je tombe à la renverse en les entraînant avec moi et les entends rire au creux de mes oreilles. Ils n'étaient pas prévus, mais qu'est-ce que je les aime, ces deux-là.

— Alors cette première sortie ? Chloé vient de me dire que tu avais parlé avec un garçon.

— Me ridiculiser devant un garçon serait le terme plus approprié. La maladresse dont vous m'avez dotée à la naissance a encore opéré. En dehors de ça, rien de bien fou.

— Eh bien, j'ai ce qu'il faut pour te remonter le moral ! Ta valise vient d'être livrée et les cartons que nous avons envoyés par bateau il y a deux mois doivent arriver d'ici une heure !

— Aaaaaah, voilà enfin une bonne nouvelle, dis-je en me relevant d'un coup. Ça commençait à devenir gênant de porter tes vêtements.

— Qu'est-ce que tu reproches à mes vêtements ?

— De venir de chez Desigual pour certains et pour les autres, de ne simplement pas être les miens, lui dis-je en m'éloignant déjà vers la maison pour retrouver mes vêtements et terminer la décoration de ma chambre.

6

J'accroche les dernières photos au-dessus de mon lit, et voilà, j'ai enfin fini de vider la totalité de mes cartons. J'ai passé la journée à ranger toutes mes affaires dans mon placard, j'ai accroché mes tableaux, toutes mes photos préférées et j'ai organisé mes quelques produits de beauté dans ma salle de bain.

Ma chambre est maintenant exactement comme je la voulais.

Une fine guirlande lumineuse passe le long de ma tête de lit en bois, ce qui permet d'illuminer mon mur noir et les photos qui y sont accrochées.

Le tapis que ma grand-mère m'avait offert il y a des années est à côté de mon lit, mes deux ou trois bijoux sont sur ma commode juste à côté de deux vieux appareils photo qui appartenaient à mon grand-père. Et il y a maintenant sur mon bureau mon ordinateur portable, ma boule de billard magique que Mia m'avait offerte en revenant de New York et qui me prédit en général un avenir nul. Un pot contenant divers feutres, stylos et crayons et, au-dessus, mon tableau en liège que j'ai pu remplir de quelques photos et souvenirs.

Puis juste à côté, ma bibliothèque remplie de mes livres préférés. Ça y est, avec tout ça je peux enfin me sentir un peu plus chez moi.

Je prends quelques photos et j'envoie tout ça à Mia.

Sa réponse arrive moins d'une minute après.

MIA : J'adore !! J'étais sceptique pour le mur noir, mais le tout rend vraiment bien. Par contre, c'est bien trop rangé tout ça. Ça ne te ressemble pas du tout.

LOUISE : Pas d'inquiétude, d'ici deux jours ça va totalement me ressembler ;)

MIA : Tant mieux. Et maintenant que t'as terminé tout ça, retourne voir le séquoia.

LOUISE : J'essaye de faire en sorte de ne jamais me ridiculiser deux jours de suite donc je vais attendre un peu.

MIA : Trouillarde ! Mais je t'aime quand même.

Qu'est-ce que je l'aime cette fille ! Heureusement qu'elle a déboulé dans ma vie ! On avait tout juste trois ans, c'était le premier jour d'école et je venais d'avoir mes premières lunettes de vue. Un groupe d'enfants se moquaient de moi et elle était arrivée pour me défendre.

Elle avait l'air d'être une enfant modèle dans sa petite robe blanche à cerises avec ses couettes rousses et ses grands yeux bleus. Mais ce n'était qu'une façade. En réalité, elle a toujours été beaucoup plus du genre à couper les cheveux des Barbie qu'on lui offrait, à jouer dans la boue et à défendre les faibles et les opprimés comme moi. En un rien de temps, elle avait fait fuir ceux qui se moquaient de moi, s'était construit une paire de lunettes avec des bouts de fils de fer entourés de mousse que l'on venait d'utiliser en classe et les avait portées toute la journée. Ce jour-là, elle est devenue ma meilleure amie, la fille la plus forte à mes yeux et ça n'a jamais changé.

En sortant de ma chambre avec tous mes cartons vides sous le bras, je trouve ma mère dans la cuisine qui prépare le repas. Les jumeaux sont en pleine mission spatiale. Ils ont construit une cabane dans le salon avec les coussins du canapé et des couvertures. À côté d'eux, Mathieu joue à la console et a l'air imperturbable, malgré le fait que les deux astronautes passent sans cesse devant la télévision.

— Tu as terminé de vider tes cartons ? me demande ma mère.

— Oui enfin !

— Satisfaite de ta déco ?

— Plutôt, oui. Ce serait encore mieux si cette chambre était en France.

— C'est si terrible que ça d'être ici ?

— Repose-moi la question dans un mois, mais pour le moment j'ai tendance à dire que oui. Je n'ai pas d'amis et la seule personne autre que vous à qui j'ai parlé depuis mon arrivée m'a détestée.

— Tu vas voir, tu vas vite rencontrer du monde, ce n'est que le début. Je suis convaincue qu'avoir un p'tit job pourrait t'aider. Et avec ton père, nous avons décidé d'organiser un apéro à la maison afin de rencontrer les voisins. Certains auront sûrement des enfants de ton âge.

— Croisons les doigts ! Et si jamais tu changes d'avis, je peux toujours aller vivre chez mamie.

— Bien tenté, mais non ! Nous sommes une famille soudée et nous allons vivre ça tous ensemble. Nous ne sommes pas dans une série américaine où l'on ne voit jamais les parents et où les enfants sortent n'importe quand et sont livrés à eux-mêmes, s'emporte ma mère.

— Tout doux, madame Weasley, je disais ça seulement pour t'embêter.

— Je savais bien que j'aurais dû suivre le conseil de Chloé et t'obliger à peindre ton mur en rose au lieu de noir, me dit-elle en pointant sa cuillère en bois vers moi.

— Et moi, je suis heureuse que l'on n'écoute pas trop les directives d'une enfant de 6 ans. Et sinon, je fais quoi de tous ces cartons ? dis-je pour changer de sujet.

— Tu peux aller les mettre sur le trottoir, les poubelles passent demain.

— Je pose les cartons, juste comme ça, dehors sur le trottoir? On n'a pas une grande poubelle pour tout mettre dedans ?

— Dans d'autres villes oui, mais là tu as juste à tout mettre sur le bord du trottoir et les éboueurs récupéreront tout ça demain matin. J'ai vu qu'il y avait déjà des sacs dans la rue, tu n'as qu'à faire pareil. Emporte ce sac-là aussi, s'il te plaît, me dit-elle en me montrant un sac bleu transparent à quelques mètres de moi.

J'agrippe mes cartons, attrape le sac bleu et me dirige vers la porte d'entrée. J'arrive à l'ouvrir, mais je ne vois absolument pas où je mets les pieds. Je tâtonne du pied pour descendre les quelques marches de la maison. C'est bon, je n'ai plus qu'à aller tout déposer sur le trottoir. Elle avait raison, il y a déjà des sacs transparents devant certaines maisons. J'accélère le pas en sentant certains cartons commencer à glisser lentement.

Je suis trop flemmarde pour m'arrêter et mieux les reprendre en mains afin d'avoir une meilleure prise. Je me dis qu'il reste seulement quelques mètres et que je peux y arriver.

Ne voyant pas mes pieds, je sais qu'il est déjà trop tard quand je sens un carton se coincer entre mes jambes. En une micro seconde, je trébuche et me retrouve étalée sur le sol, un tapis de cartons sous le ventre et le sac poubelle en guise d'oreiller.

Mon premier réflexe est de relever la tête pour m'assurer qu'il n'y avait personne pour voir cette chute disgracieuse. Personne à gauche, personne à droite, c'est bon ! Ma dignité est intacte. Un jour, ma flemmardise me perdra. Je me relève, frotte ma salopette en jean, puis récupère les cartons et vais les déposer sur le trottoir ainsi que le sac poubelle.

Au moment de faire demi-tour pour retourner vers la maison, j'entends un bruit provenant de la maison voisine et c'est là que j'aperçois quelqu'un assis sur la terrasse.

Nos regards se croisent. Il referme son livre, se lève et finit par dire :

— C'est un moment aussi gênant pour toi que pour moi, si ça peut te rassurer.

J'essaye de rassembler toute l'assurance, l'humour et l'autodérision que j'ai en moi pour lui répondre.

— Hum, je pense quand même en sortir gagnante sur l'échelle de la gêne.

— J'avoue, t'as gagné ! C'était une belle chute en tout cas. Rien de cassé ? demande-t-il en riant.

— Non, ça va. Les cartons ont amorti ma chute.

— Tant mieux. Vous venez d'emménager, non ? me dit-il en descendant de sa terrasse.

Je le vois un peu mieux maintenant qu'il est sorti de la pénombre. Grand, des cheveux bouclés, brun foncé, coiffés à la Jonas Brother's, et des yeux verts.

— Oui, on est arrivés la semaine dernière.

— Vu ta tête, ça n'a pas l'air de te faire particulièrement plaisir, dit-il en souriant.

— Disons que je n'ai rien ici et que j'ai tout laissé en France... Je voulais rester là-bas, mais on ne m'a pas laissé le choix.

— Je peux te parier que d'ici quelques mois tu n'auras plus du tout envie de repartir. Tu vas voir, c'est une chouette ville et les gens sont pas mal accueillants, pour la plupart.

— Mouais, j'ai quelques doutes... dis-je, en repensant au vendeur. Et toi, ça fait longtemps que tu vis ici ? Tu n'as pas l'accent québécois, tu es Français, non ?

— Je suis né en France, mais j'ai presque toujours vécu ici. J'avais trois ans quand j'ai déménagé ici avec mes mères. Et j'ai encore l'accent français parce que j'ai fait ma scolarité dans des établissements français depuis mon arrivée. Ce qui fait que je suis principalement entouré par des Français, même si j'ai beaucoup d'amis québécois à côté.

— Oh, d'accord. Alors, on sera peut-être dans le même lycée, si tu y es encore, dis-je avec une lueur d'espoir à l'idée de connaître quelqu'un avant la rentrée.

— Je vais être en terminale à Stanislas, et toi ?

— Moi aussi, dis-je en souriant.

— Cool ! Si tu as besoin, je pourrais te faire une visite guidée. Pas trop stressée à l'idée de recommencer à zéro quelque part ?

— Un peu... J'essaye de me dire qu'il y a du bon dans le fait de recommencer à zéro ailleurs, mais je ne suis pas la personne la plus à l'aise quand je suis en terrain inconnu. En tout cas, je suis partante pour la visite guidée le jour de la rentrée.

— En attendant, je peux te faire une visite guidée de Montréal, si ça te tente.

— Pourquoi pas ? Mais tu n'as pas d'autres choses plus intéressantes à faire ? Il ne faut vraiment pas te sentir obligé.

— J'ai l'âme d'un saint-bernard, que veux-tu !

— Est-ce qu'il est en train de se moquer de moi ? Je fais autant pitié que ça ? Voyant mon regard se durcir, il se rattrape en me disant :

— Hé, je rigolais. OK, ce n'était pas très drôle ! J'ai pour objectif de te donner envie de rester, donc c'est avec plaisir que je peux te faire visiter quelques endroits sympas, dit-il avec un sourire et un air de défi dans le regard.

— Parfait alors ! Par contre, ne sois pas déçu si tu n'y arrives pas, dis-je avec un ton légèrement moqueur.

— Tu vas voir, j'ai plus d'un tour dans mon sac. Tu veux aller découvrir ça quand ?

— Quand tu veux. Mon emploi du temps doit être bien plus vide que le tien, vu que je ne connais personne ici.

— Vendredi de la semaine prochaine ? Je ne peux pas avant, mais je ne travaille pas ce jour-là, donc si c'est bon pour toi ce sera parfait pour moi.

— C'est parfait !

— À 11 h ?

— OK.

— Parfait alors ! À vendredi alors, dit-il en souriant.

Nous repartons l'un et l'autre vers nos terrasses respectives et, au moment où j'arrive sur la première marche, je réalise que je ne sais même pas comment il s'appelle.

Je crie alors sans réfléchir :

— Au fait, tu t'appelles comment ?

— Simon, et toi ?

— Louise.

— C'est noté, à vendredi prochain, Louise, dit-il en souriant avant de passer le pas de sa porte.

Je referme celle de notre maison avec un petit sentiment de joie. Certes pas immense, mais de la joie quand même. Je viens enfin de rencontrer quelqu'un de sympa et qui, avec un peu de chance, va devenir un ami, que je n'ai pas vexé et avec qui la conversation s'est bien terminée. Par contre, je préfère essayer d'oublier le fait que la première image qu'il a eue de moi est celle de la voisine maladroite qui chute au milieu de ses poubelles en étant habillée avec une vieille salopette en jean trouée et un T-shirt tout délavé et trop grand, que je porte quand je bricole.

7

— Bonjour ma grande ! me dit ma mère en entrant dans la cuisine avec Jules derrière elle, pendant que je déjeune tout en parcourant mon fil d'actualité sur Facebook en même temps.

— Bonjour vous deux, dis-je en relevant la tête vers eux.

Jules s'approche de moi pour me faire un bisou et me tend les bras pour que je l'aide à monter sur mes genoux.

Impossible de lui résister, surtout quand je vois ses grands yeux bleus, encore un peu endormis, et qu'il me regarde avec un grand sourire.

— Je t'aime toi, lui dis-je tout bas dans l'oreille.

— Moi aussi, me répond-il en me serrant fort avec son doudou encore dans la main.

Chloé et lui sont tellement différents l'un de l'autre. Elle, avec son franc-parler qui n'a peur de rien, alors que Jules est beaucoup plus calme et n'ose jamais aller vers les autres.

Ils s'équilibrent à la perfection ces deux-là. Quand je relève la tête, ma mère nous regarde en souriant. Une vraie mère poule. Je sais qu'elle meurt d'envie de venir nous rejoindre dans ce câlin.

— Allez, viens.

— Ouuuiiiii ! câlin de groupe, crie-t-elle en courant vers nous pour nous entourer à son tour.

Ma mère est folle, mais j'espère être comme elle plus tard avec mes enfants.

Quand elle finit par nous lâcher, elle me demande :

— Quel est ton programme aujourd'hui ?

— Hummm, je ne sais pas trop. Sûrement aller déposer quelques CV dans le quartier.

— Moi, je voudrais bien me baigner. Il fait trop chaud ici, intervient Jules en ronchonnant.

Il n'a pas tort. Ces derniers jours, la température est montée en flèche et il fait vraiment chaud et humide.

— Il y a une piscine pas très loin dans un parc, on peut se retrouver là-bas dans l'après- midi, propose ma mère.

— Pourquoi pas ! dis-je en haussant les épaules.

Ça pourrait me faire du bien d'essayer de bronzer un peu, étant donné que je ressemble à une endive, mais je ne suis pas certaine d'avoir envie d'aller à la piscine en famille. Je les adore, mais de là à aller à la piscine avec eux, je ne sais pas. Je les connais, on va forcément se faire remarquer et je préfère éviter.

Quand je pense qu'en ce moment, je devrais être en France, à profiter de l'été avec des amis, si mon père n'avait pas accepté cette proposition d'emploi.

— Pendant que j'y pense, vendredi soir de la semaine prochaine j'ai proposé à différents voisins de venir à la maison, donc fais en sorte d'être libre. Ça nous permettra à tous de rencontrer du monde.

— Ça vous permettra à vous de rencontrer du monde, pas à moi. Quel jeune de 17 ans va suivre ses parents un vendredi soir, alors que c'est les vacances ?

— Tu as toujours réponse à tout, Hermione, mais on ne sait jamais. Peut-être que certains viendront.

— Mouais, on verra bien, par contre la journée je ne suis pas là. J'ai rencontré le fils des voisines, hier, et il a proposé de me faire visiter Montréal.

— Oh ! super, ça. Tu vois, tu commences à rencontrer du monde. Il est mignon ?

— Maman, stop !

— OK, j'arrête. Il fallait bien que j'essaye, me dit-elle en souriant.

— Bref... Je vous laisse déjeuner, je vais aller me préparer et partir à la conquête d'un emploi, dis-je, pleine de détermination.

Je fais descendre Jules de mes genoux, lui fais un dernier bisou et pars vers ma chambre. En arrivant devant ma porte, je vois un *post-it* collé dessus. C'est un truc que fait mon père depuis des années. Quand il est dans une période où on le voit moins à cause du travail, il montre sa présence en laissant des petits mots pour chacun de nous.

J'ai toujours aimé en recevoir un, il y a toujours une petite excitation.

Sur celui-ci est écrit :

Merci ma grande pour le nettoyage de la cabane de jardin. C'est mieux sans les cartons. On va pouvoir bientôt bricoler ensemble.

Bisous,

Je t'aime, Papa

Je m'assois sur mon lit en ne comprenant pas trop. Je croyais que c'était lui qui l'avait vidée. Il faut que je lui demande, car c'est certain que ce n'est ni maman ni Mathieu et encore moins les jumeaux.

Est-ce qu'il se moque en disant ça pour que je comprenne qu'il l'a fait, lui, alors que j'avais dit que je m'en occuperais ? Pourquoi ferait-il ça ? Mais si ce n'est pas lui, qui a bien pu prendre tout ça ? Quelqu'un aurait cambriolé la cabane de jardin ?

Il y avait quoi dans ces cartons ? Des documents compromettants ? De la drogue ? Des membres humains ? Ne t'emballe pas, Louise, c'était sûrement juste de vieilles affaires aux anciens locataires. J'ai toujours eu de la facilité à imaginer toutes sortes de choses, mais je pense quand même être une inspectrice dans l'âme.

Je suis certaine que je pourrais faire carrière dans la police. Il faudrait que je me renseigne pour voir les critères d'entrée.

En attendant de devenir l'inspectrice Louise Pineaut, je prends mon téléphone pour appeler mon père et lui demander si c'est une blague ou non.

— Allo ma Louise.

— Coucou Papa, je viens de trouver ton *post-it*. C'était une blague ? Parce que j'ai voulu vider le cabanon lundi, mais quand j'y suis allée, il était déjà vide et je pensais que c'était toi.

— Euuuuuh, non ce n'était pas une blague, je pensais vraiment que c'était toi. La personne qui avait stocké ça est peut-être venue les récupérer. Quoi qu'il en soit, ce n'était pas à nous, donc ce n'est pas très grave. Par contre, j'aurais préféré que la personne nous demande l'autorisation avant d'aller dans notre jardin, comme ça. Si tu peux, achète un cadenas aujourd'hui, avec une chaîne pour que l'on puisse fermer à clef. On peut en reparler ce soir, je dois retourner en réunion.

— OK, pas de problème, papa. Bisous, à ce soir !

8

Pantalon léger enfilé, T-shirt blanc sur le dos, sandales aux pieds, cheveux attachés et lunettes sur le nez, je suis prête à aller trouver un emploi. J'attrape ma pochette contenant plusieurs exemplaires de mon CV, je fais un dernier contrôle de ma tenue devant mon miroir, et je pars.

Toute l'assurance que j'avais réussi à trouver est restée à la maison. Je suis en pleine panique mentale. Allez, Louise, tu peux le faire.

Bien beau de tenter l'autopersuasion, mais ça n'a jamais vraiment fonctionné avec moi. C'est la première fois que je pars déposer ma candidature pour un emploi et, pour ajouter de la difficulté, c'est dans un pays où l'accent est tellement prononcé que j'ai du mal à comprendre. Hier soir, pour m'entraîner, j'ai regardé un film québécois et plusieurs vidéos sur Internet. Juste pour les entendre parler et me familiariser avec l'accent. J'ai compris la majorité des phrases, mais il y a quelques petites subtilités qui m'échappent, c'est certain. Par exemple ici les gens ne disent pas une pastèque, mais un melon d'eau. D'ailleurs, est-ce que tous les fruits et légumes ont un autre nom ici ? Il faut que je pense à aller vérifier ça dans des magasins.

Je marche de plus en plus lentement en me posant mille questions, je ne sais même pas où aller postuler. Je ne suis peut-être pas assez qualifiée. En y réfléchissant bien, c'est certain que je ne suis pas assez qualifiée.

J'espère que l'on va quand même me donner ma chance. Mon CV est loin d'être impressionnant.

Expériences professionnelles : *Baby-sitting* et caissière à la piscine municipale pendant un été. J'ai fait en sorte de détailler ça au maximum pour remplir l'espace, mais à 17 ans c'est impossible d'avoir un CV qui impressionne. Quelle idée j'ai eu de vouloir trouver un job ! Rester à la maison avec les jumeaux et construire des cabanes avec les coussins du canapé pendant tout l'été, c'était aussi une bonne occupation.

Mia a dit : « nouveau pays, nouvelle vie ! », alors on arrête de fuir et on affronte les choses ! J'aurais quand même peut-être dû me maquiller un peu. OK, je ne suis pas la plus douée dans ce domaine et c'est pour ça que je n'en porte presque jamais, mais un peu de mascara ou quelque chose sur mes lèvres m'aurait fait paraître un peu plus vieille, étant donné le visage enfantin dont mes parents m'ont dotée...

Cela dit, je préfère me sentir moi-même, bien dans mes sandales, au lieu d'avoir l'impression d'étouffer sous une couche de maquillage.

Bon, par où commencer ? Par quoi ? Où ai-je envie de travailler ? La meilleure solution est sûrement de remonter la rue et d'entrer dans chaque boutique qui me donne envie.

J'arrive devant un supermarché, je pourrais être caissière, ou alors organiser les rayons. La pro du Tetris, c'est moi ! C'est parti, je me lance. J'entre dans le magasin presque vide et, après avoir tourné quelques minutes afin de repérer les lieux et d'observer les gens, je pars voir un jeune vendeur :

— Bonjour, excusez-moi, j'aurais voulu savoir si vous recherchiez du personnel en ce moment et qui je devais voir pour postuler.

— Allo, j'peux pas vraiment répondre à ça, t'es mieux d'aller demander à mon responsable. C'est le gars qui passe la vadrouille là-bas.

Il me désigne un homme du doigt qui est en train de passer la serpillière et me laisse au milieu du rayon pour aller dans l'arrière-boutique. Je ne sais pas ce qui me rend le plus perplexe.

L'accent ou le fait qu'il vient de me tutoyer comme si on se connaissait. Il va falloir que je questionne Simon à ce sujet. Et note à moi-même : retenir qu'ici le mot « serpillière » n'existe visiblement pas. Bon, je reprends mon courage à deux mains et je me dirige vers le roi de la vadrouille et l'interpelle une fois devant lui :

— Bonjour Monsieur, excusez-moi, je voulais savoir si vous recherchiez du personnel en ce moment, dis-je, mon CV à la main.

— Bonjour, alors notre équipe est pas mal complète pour le moment, mais je peux conserver votre CV et si besoin, on vous rappelle.

— Parfait! merci beaucoup, lui dis-je en lui donnant mon CV.

Je le remercie et quitte le magasin. Je doute un peu qu'il me rappelle, étant donné la maigreur de mon CV, mais au moins un point positif : j'ai survécu à ce premier essai.

J'enchaîne les magasins en tous genres, que ce soit des magasins de vêtements, de bricolage, de décoration, plusieurs restaurants, des cafés, une librairie et même une animalerie. Cependant, ils me répondent tous que leurs équipes sont complètes et qu'ils ne cherchent pas à recruter en ce moment, mais ils ont tous gardé mon CV pour me rappeler, si besoin. Je suis certaine qu'ils vont plus servir à caler le pied tremblant d'une table qu'à me trouver un job.

11 h, je n'ai plus de CV sur moi, je commence à transpirer de façon disgracieuse sous ce soleil de plomb, donc je décide de rentrer. J'en réimprimerai demain et tenterai ma chance dans un autre quartier. Sur le chemin du retour, je passe devant une boulangerie qui s'appelle « La Baguette ». Mon ventre se met à gargouiller juste en lisant le nom et encore plus en voyant les pains au chocolat. Impossible de résister, j'entre pour en acheter un. Je suis en manque de viennoiseries depuis plusieurs jours. En entrant, je m'aperçois que ce n'est pas une simple boulangerie.

Ils font aussi des sandwichs, des salades, une multitude de cafés et il est possible de s'asseoir pour manger ou travailler là. Tout a l'air si bon.

En regardant la vitrine plus en détail, je me rends compte qu'il n'est pas écrit « pain au chocolat », mais « chocolatine ». Cette guéguerre stupide entre pain au chocolat et chocolatine existe-t-elle aussi ici ? Le propriétaire vient peut-être du sud-ouest de la France. Mon tour arrive enfin et une vendeuse arrive vers moi :

— Bonjour, qu'est-ce que je peux vous servir ?

— Bonjour, je vais vous prendre une chocolatine.

J'ai eu très envie de dire un pain au chocolat, par fidélité envers ma région, mais je préfère essayer de me fondre dans le décor.

Pendant qu'elle l'emballe, je repère une affiche à côté de la caisse indiquant qu'ils recherchent une vendeuse. Il faut que je tente ma chance, cet endroit serait parfait.

— Vous désirez autre chose ? me demande-t-elle.

— Non, ce sera tout. Par contre, je viens de voir que vous recherchiez une vendeuse. Le poste est toujours disponible ? Je cherche justement un travail.

— Oui, il me semble que l'on recherche toujours, j'vais aller chercher le patron pour que tu puisses voir ça directement avec lui.

En attendant qu'elle revienne, je prépare mon argent en essayant de donner le compte juste avec ces pièces que je ne connais pas trop. Je prépare le tout et le pose sur le comptoir. Elle réapparaît quelques secondes plus tard :

— Il arrive dans une minute, tu peux l'attendre là, me dit-elle en me montrant une table vide.

Je pars m'asseoir et j'hésite quelques secondes à manger rapidement mon pain au chocolat pour faire taire les gargouillements de mon ventre, mais je n'ai pas du tout envie de prendre le risque qu'un bout de chocolat se dépose sur une dent et d'avoir l'air ridicule pendant l'entretien. Je le savourerai plus tard, c'est plus raisonnable.

En parcourant la salle des yeux, mon regard tombe sur le vendeur de l'autre jour. Il est assis à une table, en face d'une fille, et ils boivent un café. Par chance, il ne m'a pas vue. J'essaye de regarder ailleurs, mais je ne peux m'empêcher de jeter des petits coups d'œil vers lui. Que fait-il ici ? Je me tourne de façon à ce qu'il ne puisse pas me voir.

— Bonjour.

Je sursaute sur ma chaise. En relevant la tête, je vois un homme qui doit avoir l'âge de mon père et qui se tient face à moi en tenue de boulanger.

Je me rappelle alors pourquoi je suis là. Louise, ne merde pas, concentre-toi, oublie le séquoia !

— Bonjour Monsieur, dis-je avec précipitation en lui tendant la main pour la lui serrer.

Il me serre la main en souriant.

— Tu peux m'appeler Georges. Stressée ?

— Oui, dis-je avec timidité.

— Pas de panique, on va commencer par discuter un peu. Bouge pas, je vais chercher mon stylo, dit-il en posant son cahier sur la table.

Première impression : il a l'air vraiment gentil et étant donné son absence d'accent québécois, il a l'air d'être Français. Il revient avec deux cafés, son stylo, et s'assoit en face de moi. Merde, je déteste le café, je ne peux pas le lui dire, il pourrait se vexer et moi, perdre toute chance de décrocher ce poste.

— Bon, alors, présente-toi un peu, dit-il gentiment.

— Alors, je m'appelle Louise, j'ai 17 ans, je viens d'emménager à Montréal avec mes parents.

— OK, et tu as déjà travaillé ?

— Un peu, dis-je avec hésitation. J'ai fait du *baby-sitting* pendant plusieurs années et l'été dernier, je m'occupais de la caisse dans une piscine municipale.

— OK, et est-ce que tu sais faire du café ou utiliser une caisse ?

— Pas vraiment, mais j'apprends vite, dis-je avec enthousiasme.

— Bon esprit, j'aime ça. Je suis partant pour laisser une chance aux jeunes, alors à partir de quand es-tu disponible ?

— N'importe quand, je peux même commencer dès demain. Je ne connais presque personne ici, donc j'ai beaucoup de temps libre en ce moment.

— Parfait ! Alors si tu es disponible demain, tu peux venir faire un essai. Quelqu'un te formera et te montrera comment fonctionnent la machine à café et la caisse. Ce n'est pas compliqué. Et on discutera demain soir pour voir comment ça s'est passé.

— Génial. Il faut que je vienne à quelle heure ? Il y a une tenue particulière ?

— Écris-moi ici ton adresse courriel.

Il doit sûrement parler de mon mail. Alors, je lui écris ça avec un grand sourire.

J'ai trouvé un emploi, c'est génial. Sous le coup de la joie, je bois cul sec mon café. Et c'est au moment où j'ai tout dans la bouche que je me rappelle que je déteste le café.

Je n'ai pas le choix, il faut que j'avale.

Je déglutis en essayant de grimacer le moins possible. Beurk ! le goût est immonde. Plus jamais !

— Pour ce qui est du salaire, il serait de 13 $ l'heure, me dit-il en se levant.

— D'accord, c'est parfait pour moi, dis-je en l'imitant.

— Bon, eh bien, à demain, Louise. Je t'envoie ton horaire et le reste des informations par courriel dans la journée.

— OK, alors à demain Georges, lui dis-je avec un grand sourire avant de me diriger vers la sortie.

Je passe devant la table du séquoia et me rends compte qu'il n'y est plus, heureusement. Je l'avais totalement oublié pendant quelques minutes.

Par chance, il ne m'a pas vue. Je n'ai maintenant qu'une hâte, rentrer à la maison pour annoncer que j'ai un emploi. Ou du moins que je fais un essai demain. Nouveau pays, nouvelle vie !

Une fois sortie de la boulangerie, je peux enfin savourer mon pain au chocolat. Je croque dedans, c'est tellement bon ! Et c'est là que j'entends une voix teintée d'arrogance :

— Hé, qu'est-ce tu fais là, la p'tite Française ?

Je tourne la tête et vois le vendeur de la librairie adossé à un mur dans une ruelle perpendiculaire à celle sur laquelle je suis. Je m'arrête net, la bouche pleine et mon pain au chocolat à la main.

J'essaye de paraître calme, alors qu'à l'intérieur ça tourne à toute allure.

Mille questions et pensées s'entrechoquent au même instant dans ma tête, parmi lesquelles :

- Pourquoi est-ce que ça m'arrive à moi ?
- Que fait-il encore là ?

- Il m'avait vu dans la boulangerie ?

- Est-ce qu'il m'attendait ?

- Si oui, pourquoi ?

- Est-ce que ça veut dire que je lui plais ?

- Est-ce que j'ai envie de lui plaire ?

- Comment s'appelle-t-il ? Je ne peux pas l'appeler seulement le séquoia.

- Au fait quel âge a-t-il ?

- Est-ce que je vais encore comprendre la moitié de ce qu'il me dit et paraître grossière ?

- Mieux vaut peut-être que je parte sans rien dire.

- Je peux faire comme si je ne l'avais pas vu.

- Impossible, étant donné que je suis en train de le regarder sans bouger.

- Il faut que j'avale ce que j'ai dans la bouche avant de parler si je décide de lui répondre.

- Mia m'a dit qu'il fallait que je m'excuse, est-ce que c'est le moment ?

Et là, sans que mon cerveau soit consulté, ma bouche s'actionne d'elle-même et je suis la première surprise de m'entendre lui répondre avec une certaine confiance :

— Tiens, pile la personne que je ne voulais pas croiser.

J'écarquille les yeux à peine ma phrase terminée. Pourquoi est-ce que je viens de dire ça à haute voix ? J'ai envie de faire apparaître une pelle et de creuser un trou pour disparaître. La surprise se lit sur son visage, puis l'amusement, et il finit par me dire :

— J't'ai laissé un si mauvais souvenir ?

J'essaye de réunir mes pensées et surtout de reprendre le contrôle de mon cerveau avant que ma bouche ne fasse trop de dégâts.

— Non ! Enfin... Disons que ce n'est pas le top trois de mes meilleurs souvenirs. Mais en même temps, en repensant à notre conversation, je me dis que c'était mérité.

— Un peu, mais j'pense avoir été un peu « roffe » avec toi.

— Ça y est, je commence à ne plus comprendre ce qu'il veut dire. Il faut que je lui dise. Plus vite je vais apprendre les expressions locales, plus vite j'arriverai à tenir une conversation avec le monde qui m'entoure.

— Je suis désolée, mais je ne suis ici que depuis vraiment très peu de temps, ce qui fait que mes connaissances en ce qui concerne le vocabulaire et les expressions québécoises sont vraiment limitées.

— OK, je vois. On va d'abord commencer par le commencement. Moi, c'est Jean-Michel et toi ?

Voilà, nous avons au moins un point en commun. Nous avons tous les deux des prénoms de vieux.

— Louise.

— Eh bien, enchanté, Louise.

Je le vois regarder par-dessus mon épaule et faire un signe de tête à quelqu'un.

Quand je me retourne, je vois un homme au loin avec une casquette sur la tête. En me retournant de nouveau je constate que son visage s'est légèrement crispé. Ses yeux croisent de nouveau les miens et il ajoute :

— J’dois partir à ma job, mais donne-moi ton cellulaire deux minutes, me dit-il en me tendant sa paume.

Pourquoi « ma » job ? On dit « mon » job. Pas ici ? Et c’est quoi un « cellulaire » ? Qu’est-ce qu’il faut que je lui donne ? Je ne peux pas le laisser comme ça, la main tendue. Voyant mon air perdu, il dit :

— Je parle de ton téléphone cellulaire, ton smartphone, ton cell.

— Aaaaaah, d’accord, lui dis-je en le sortant de ma poche.

Je le déverrouille et lui donne. Et d’ailleurs, pourquoi est-ce que je lui donne, je le connais à peine.

Il pianote quelque chose dessus et me le redonne au bout de quelques secondes sans rien dire.

— Et voilà ! Pas d'stress, je me suis juste texté pour avoir ton numéro, dit-il avec un clin d'œil.

— Euh, OK, dis-je sans vraiment trop comprendre.

— Je dois y aller, sinon je vais être en retard. À bientôt, la Française.

Et il part en me laissant à mon croisement de rues, mon pain au chocolat entamé toujours à la main. C'est fou à quel point je n'arrive pas à me concentrer sur la conversation quand il parle. Normalement, une situation comme celle-ci arrive quand on est en train de baver d'admiration devant la personne avec qui on parle.

Ou au contraire, parce que la personne a quelque chose qui ne va pas, par exemple une feuille de salade coincée entre les dents.

Une partie de moi préférerait que ce soit ça, mais ce n'est pas le cas. Enfin... C'est un fait, il est mignon, impossible de nier, surtout après l'avoir revu.

Mais mon problème principal est que je dois essayer de déchiffrer les mots, les significations, dès qu'il ouvre la bouche et ça a quelque chose d'épuisant.

Mon téléphone vibre dans ma main, je le regarde et vois un message

JEAN-MICHEL : Je ne change pas d'avis en ce qui concerne tes yeux. JM

Je reste bouche bée devant mon téléphone. Un début de sourire se dessine sur mon visage, mais je le chasse bien vite. Non, je ne vais pas m'embarquer là-dedans. Hors de question.

Au lieu de lui répondre, j'ouvre une note dans mon téléphone, la nomme « lexique québécois » et inscris en dessous :

- vadrouille = serpillière

- cellulaire = téléphone portable

- texte = sms

- roff = ?

- ma job = mon job

- j'te niaise = je rigole / je plaisante

- courriel = mail

À partir de maintenant, je compte noter chaque mot ou terme québécois pour éviter toute situation intimidante et j'inscrirai les significations manquantes dès que j'aurai demandé à Simon de me les expliquer. Mais en attendant, je vais enfin pouvoir manger mon pain au chocolat en paix.

9

Je ne commence mon premier jour de travail que dans deux heures, mais je suis déjà prête. Mon côté angoissé a fait que je me suis réveillée environ dix fois cette nuit, de peur que mon réveil ne fonctionne pas et à 6 h, j'ai décidé de me lever au lieu de tourner encore et encore dans mon lit.

Comme me l'avait dit Georges hier, j'ai reçu un mail explicatif. Je dois donc venir pour 9 h, habillée en noir, avec mon numéro d'assurance sociale et je vais être formée par Geneviève.

Avec ce prénom, ce doit être sa femme ou du moins une femme de son âge. La boulangerie est à 10 minutes à pied de la maison, ce qui fait que j'ai encore du temps à tuer. J'allume mon ordinateur, ouvre Skype afin de voir si Mia est connectée. Elle l'est ! Je lance donc un appel vidéo, ça sonne quelques secondes et, d'un coup, je la vois apparaître à l'écran.

— Comment va ma mangeuse de sirop d'érable préférée ?

— Je n'ai pas encore goûté à ça, c'est grave ?

— Je suis certaine que le dieu des Québécois va te pardonner ça.

— Merci à lui, dis-je avec un sourire.

— T'es bien matinale ! Que se passe-t-il ?

— Je fais un essai en tant que vendeuse dans une boulangerie ce matin. Si je ne suis pas une catastrophe vivante, ce soir je pourrais dire que j'ai un job.

— Oh, c'est génial, félicitations ! me dit-elle avec excitation en applaudissant.

— Merci !

— Et sinon, du nouveau dans ta vie sociale ?

— Un peu, j'ai rencontré mon voisin.

Je lui raconte toute la conversation avec Simon. Elle se moque évidemment de ma chute.

— Je suis fière de toi ! Ta vie sociale est passée de « néant » à « il y a de l'espoir » ! T'es sur la bonne voie, jeune fille !

— Merci pour cette mise à jour de ma vie sociale. J'essaye de faire en sorte de la faire évoluer le plus rapidement possible.

— En tout cas, ce Simon je l'aime bien, il a l'air chouette !

— C'est vrai, il paraît gentil et doux.

— Louise… On parle d'un humain là, pas d'un chat ou d'un hamster, dit-elle avec un air désespéré.

— Je sais, mais c'était juste pour imager un peu mon propos. Je reconnais que ce n'était peut-être pas le meilleur exemple. Tu vois, c'est pour ça que je vais finir seule, avec une meute de chats pour unique compagnie.

— Aucune chance que ça arrive, tant que je serai dans ta vie, Lou.

— Ahhh, merci d'essayer de me sauver. Au fait, j'ai revu le séquoia qui d'ailleurs s'appelle Jean-Michel…

— Louise Pineaut, pourquoi est-ce que tu n'as pas commencé par ce sujet ?

— Parce que tu m'as toujours dit de garder le meilleur pour la fin et je savais qu'à tes yeux ce le serait.

— Arrête de toujours écouter mes conseils et raconte ! dit-elle en rigolant.

Je lui résume la conversation, le gars à la casquette au loin, le coup du téléphone, les termes québécois que j'ai du mal à comprendre et je termine par le message qu'il m'a envoyé.

— Tu viens juste d'atteindre le niveau « en construction » en ce qui concerne ta vie sociale, tu peux en être fière ! Bon, passons le fait qu'il a le même prénom que le vieux cousin de ma mère. Tu lui as répondu quoi ? Et, rassure-moi, ce n'était pas un truc du style « Cool merci, c'est gentil, t'as l'air doux comme garçon ! ».

Je pouffe de rire devant mon écran.

— Non ! J'ai préféré ne rien répondre. Je n'ai pas du tout envie d'entrer dans ce jeu-là. Je ne suis pas prête. Et en plus, mon instinct me dit de me méfier de lui par moment. Oui, il est beau et oui, il a quelque chose d'intrigant et d'attirant, mais non... dis-je en baissant la tête.

— OK, si tu ne le sens pas ne te force pas, laisse le temps faire les choses, mais ça ne peut que te faire du bien de rencontrer du monde. T'es à des milliers de kilomètres ma Lou, laisse le passé derrière toi et fais confiance à l'avenir, dit-elle avec tendresse.

— Je sais, dis-je en sentant mon cœur se serrer. Pour le moment, je vais essayer de combler ton absence en me faisant de nouveaux amis, même si tu es irremplaçable.

— J'espère bien ! dit-elle avec détermination. Bon, je vais devoir t'abandonner, je garde les enfants des voisins et je les entends se réveiller. La nounou a démissionné hier sans prévenir, du coup j'ai sauté sur l'occasion. Je vais garder chaque centime pour venir te voir !

— Génial ! Chacune un emploi en moins de 48 h.

— On devient tellement adulte, me dit-elle avec un clin d'œil avant d'ajouter : merde pour ton premier jour, tu vas assurer, gros bisous Lou !

— Gros bisous Mia ! à bientôt, dis-je en souriant.

Je reste quelques secondes devant mon écran, ses paroles résonnent dans mon esprit et je repense aux derniers mois. Ils n'ont pas été tout rose, mais heureusement qu'elle était là. Je n'avais pas envie de venir ici à Montréal ou du moins la plus grande partie de moi voulait rester en France.

Mais une autre partie avait envie de fuir pour tout recommencer ici. Maintenant que j'en ai la possibilité, c'est ce que je compte faire.

10

Enfin une pause ! Après 4 heures intenses à servir les clients, je suis vraiment heureuse de pouvoir souffler un peu. J'ai secondé Geneviève du mieux que j'ai pu durant toute la matinée. En arrivant, il m'a fallu un temps d'adaptation pour me familiariser avec la caisse et je vais sûrement avoir besoin de quelques jours pour savoir utiliser la machine à café correctement, mais j'aime déjà ce travail et Geneviève est vraiment sympa. D'ailleurs, elle n'est pas du tout dans la quarantaine.

En réalité, elle a vingt ans. Est-ce qu'ils ont tous de vieux prénoms ici ? Ça va peut-être pouvoir m'aider à me fondre dans la masse, étant donné celui que je porte.

Nous avons pu faire connaissance l'une et l'autre quand il n'y avait pas de clients et je me dis que nous pourrions devenir amies. C'est une Québécoise, qui vit à Montréal depuis 2 ans. Elle est originaire de Percé en Gaspésie et elle travaille ici depuis plus d'un an. À côté de ça, elle est à l'université et elle fait un baccalauréat en histoire de l'art. Quand elle m'a parlé de ça, je n'ai pas compris étant donné que le seul baccalauréat que je connaissais était celui que l'on obtient à la fin du lycée. Mais elle m'a de suite expliqué que le baccalauréat d'ici est l'équivalent de la licence en France. Physiquement, nous sommes à l'opposé l'une de l'autre. Elle : grande, blonde et a toute une multitude de tatouages colorés sur les jambes et les bras. J'adore son style vestimentaire un peu rétro rock'n'roll. Quand je la regarde, je m'attends à tout moment à voir John Travolta arriver, tout droit sorti du film *Grease*.

À 11 h, elle a été remplacée par Eddy ! Une tornade de bonne humeur. Il a été mon sauveur ce matin. J'avais fait de mon mieux toute la matinée pour ne pas faire d'erreurs, mais avec le stress et la pression de vouloir bien faire ça a fini par arriver. Une cliente a commandé un smoothie, j'en avais déjà fait plusieurs avec Geneviève, donc j'ai proposé de le faire seule. J'ai placé les différents ingrédients dans un mixeur, j'ai appuyé sur le bouton et là, toute une bonne partie m'a éclaboussée... J'avais oublié de remettre le couvercle du mixeur.

C'est à ce moment qu'Eddy est arrivé, un torchon à la main, en me le tendant et qu'il m'a dit avec un grand sourire :

— Toi, je t'aime déjà ! On fera les présentations après, mais ma chérie, si tu veux qu'on se fasse une soirée masque de beauté, c'est quand tu veux ! Par contre, mieux vaut faire ça ailleurs, non ? En tout cas, t'as l'air d'avoir bon goût. Prends le temps de te nettoyer, je m'occupe des clients.

En revenant 10 minutes après, Geneviève était partie ; alors, j'ai fait en sorte de le seconder au mieux et ne plus faire aucune erreur lorsque je servais les nombreux clients venus chercher des sandwichs ou des viennoiseries pour leurs brunchs. Et, quand il y a enfin eu un moment d'accalmie, nous avons pu faire connaissance. Il est Québécois et a toujours vécu à Montréal. Il est métis, son père est né au Sénégal et sa mère est une pure Québécoise. Ils se sont rencontrés ici, quand son père est venu terminer ses études.

— Il y a 28 ans, la famille de ma mère a dû accepter le fait que mon père soit noir et maintenant, ils doivent accepter mon homosexualité. J'suis chanceux, ils sont ouverts d'esprit et tolérants. De toute façon, ils n'ont pas vraiment eu le choix d'accepter. À 12 ans, je voulais porter toutes les robes de mes sœurs donc, ça n'a pas été une grande surprise.

Celui-là, quand il commence à parler, impossible de l'arrêter. Et je dois avouer que ça me convient totalement.

Il a un sourire scotché au visage en permanence. Il va entrer à l'université en mode, et ça ne m'étonne pas du tout, étant donné ses vêtements colorés et stylisés.

Il ferait aussi un super mannequin : grand mince, la peau mate évidemment, les cheveux crépus coupés très courts et les yeux noirs.

Il a déjà en tête de m'emmener dans diverses friperies et veut absolument me relooker le temps d'une soirée, depuis que je lui ai dit que je ne portais presque jamais du maquillage et que j'avais un style vestimentaire très classique.

C'est certain qu'une rencontre entre lui et Mia s'imposera, le jour où elle viendra ici. Je n'ai passé que deux heures avec lui, mais je connais déjà la moitié de sa vie et je suis certaine qu'il va devenir un ami précieux dans cette nouvelle vie.

— Hé, salut Louise !

Une voix me sort de mes pensées et, en levant la tête, je vois Simon.

— Oh, salut ! désolée, je ne t'ai pas vu arriver.

— Pas d'problème. Comment ça va depuis l'autre jour ? J'ai loupé d'autres chutes ?

— Ça va, je viens de commencer à travailler dans cette boulangerie, dis-je en montrant la vitrine derrière moi. Et non, pas de chute, mais l'explosion d'un smoothie. Et toi, tu as espionné d'autres personnes ?

— Je ne t'espionnais pas, j'étais tranquillement en train de lire un livre et j'essayais de rester discret pour ne pas te gêner. En tout cas, félicitations pour ton travail, c'est génial, dit-il avec un grand sourire.

— Merci ! Et toi, qu'est-ce que tu fais par ici ?

— Je rentre du travail et je venais acheter du pain avant de rentrer chez moi, dit-il une baguette à la main. Tu as terminé ou tu es en pause ?

— Normalement, j'ai terminé, mais je dois voir mon patron pour savoir s'il me garde ou non.

— Je peux t'attendre et on rentre ensemble, si tu veux.

— Pourquoi pas ? Je vais aller le voir, croise les doigts pour moi, dis-je en m'éloignant.

Je croise le regard d'Eddy qui me montre Simon d'un signe de tête, avant de me faire un clin d'œil. Il a l'air d'être à son goût. Ayant le plus mauvais gaydar de la planète je ne peux pas attester de l'orientation sexuelle de Simon, mais je peux toujours essayer de dénicher des infos pour Eddy.

Je lui souris et lui réponds par un autre clin d'œil, avant de passer la porte de l'arrière-boutique où se trouvent le vestiaire et les cuisines.

— Tiens, Louise ! j'allais justement venir te voir. Alors cet essai, ça s'est bien passé ? En passant par moment en avant, je t'ai vu travailler et j'ai eu l'impression que tout allait bien, non ?

— Il me faut encore un peu de temps pour me familiariser avec la machine à café et le reste, mais j'ai beaucoup aimé ces quelques heures, lui dis-je avec un sourire.

— Parfait ! Partante pour travailler avec nous alors ?

Ooooooh, ça veut dire qu'il m'embauche ça, non ? Je pense bien que oui !!! Aaaaaaah, je saute de joie intérieurement.

— Plus que partante, ce serait génial ! Merci beaucoup !!

— Bienvenue parmi nous, alors ! J'ai déjà fait les horaires pour cette fin de semaine, donc tu n'as pas à travailler, mais à partir de lundi je t'inclus dans l'horaire. Je t'envoie ça par courriel plus tard et on se voit lundi, OK ?

— Parfait ! lui dis-je avec un sourire jusqu'aux oreilles.

J'ai envie de sauter de joie et de hurler, mais je préfère me contenir, le remercier, lui souhaiter un bon week-end et lui dire à lundi. Je cours retrouver Simon qui m'attend dehors.

— Me revoilà, on peut y aller.

— Alors ?

— C'est bon, je suis embauchée ! Je commence lundi !

— Super, félicitations ! dit-il avec un sourire franc.

— Merci ! dis-je en souriant toujours autant.

— Tu vois que cette ville a du positif.

— Mieux vaut ne pas parler trop vite. Je préfère attendre avant de me prononcer, mais je dois avouer que je commence à m'y plaire. Le plus problématique pour moi, pour le moment, ce sont les termes québécois. Je patauge par moment et j'ai l'impression que l'on me parle chinois.

Je sors mon téléphone de ma poche pour lui montrer ma liste de mots québécois afin qu'il la vérifie.

Il me dit que je n'ai fait aucune erreur et m'explique que « roffe » est un anglicisme qui veut dire « dur ».

— Par exemple quelqu'un peut dire « c'est roffe comme situation » ou « c'est roffe à faire » ou encore « j'ai été roffe », me dit-il.

— Avec la signification, c'est tout de suite plus facile, merci!

— Pas d'problème! N'hésite pas si tu en as d'autres, je peux faire un très bon traducteur.

— Ahah, c'est noté. Je te préviens, ça risque d'arriver souvent.

— Au fait, pendant que j'y pense, maintenant que tu as un emploi tu vas sûrement travailler vendredi prochain, non ? On peut déplacer notre visite guidée à ce dimanche si tu veux.

— Bonne idée, mais tu n'avais pas quelque chose à faire ?

— Si, mais ça a été annulé, donc si t'es partante pour tomber amoureuse de cette ville, j'ai vu qu'il y aurait un grand soleil ce jour-là, donc ça me semble être la journée idéale.

— Parfait, faisons ça dimanche, alors.

Je vais enfin découvrir autre chose que notre quartier et les magasins d'ameublement. Même si je reste sur ma réserve, je dois avouer que j'ai hâte de découvrir ça. On se rapproche de chez nous et je vois au loin ma mère discuter avec une femme pendant que Jules et Chloé courent dans la pelouse avec un autre petit garçon.

— C'est ta mère ? me demande Simon.

— Oui. Elle discute avec la tienne ?

— Exactement, et la petite chose qui court partout en hurlant c'est mon petit frère, Hugo.

— Il a l'air d'avoir le même âge que les jumeaux.

— Estime-toi chanceux, nous on en a eu deux hurleurs pour le prix d'un.

On va bientôt être repérés et je croise les doigts pour que ma mère ne me foute pas la honte avec une réflexion un peu lourde et intrusive dont elle a le secret. J'ai peu d'espoir, mais sait-on jamais ? Au même moment, je vois les petits se retourner, se mettre à courir vers moi et crier :

— Louiiiiiiiise !

Il faut une seconde à Hugo pour les imiter :

— Simoooonnnnn !

Je crains qu'ils ne me refassent tomber, mais par chance ils ralentissent en arrivant à notre hauteur.

Si je peux éviter de chuter chaque fois que je vois Simon, ça m'arrangerait.

— C'est qui lui ? demande Chloé, pendant que Jules me donne la main, tout timide.

Je n'ai pas le temps de lui répondre qu'Hugo intervient :

— Ben, c'est mon frère, dit-il tout fier.

— C'est ton amoureux ? enchaîne Chloé

Quand ce n'est pas la mère qui se charge d'être embarrassante, c'est la fille. Parfait !

— Non, c'est notre voisin.

— OK, dit-elle avant de repartir aussi vite qu'elle est arrivée.

En regardant vers ma mère je croise son regard, elle est tout sourire. Pitié ! pourvu qu'elle n'en rajoute pas une couche.

— Alors ma grande, comment ça s'est passé ? J'étais justement en train d'expliquer que tu faisais un essai ce matin. Et toi, tu dois être Simon ? dit-elle en se tournant vers lui.

Génial ! la mère de Simon doit être au courant de toute notre vie.

— Ça s'est bien passé. J'ai le poste et je commence lundi.

— Super, félicitations ! Il va falloir fêter ça ce soir.

Au même instant, on entend le téléphone de la maison sonner et je pense ne jamais avoir été aussi heureuse de l'entendre. Ma mère s'excuse, me demande de ramener les jumeaux et court dans la maison pour décrocher. Je me retourne vers Simon et sa mère et leur dis :

— Bon, je vais y aller, enchantée de vous avoir croisée, madame, et à dimanche, Simon, dis-je en le regardant.

— Enchantée aussi, me dit-elle en souriant.

— À dimanche, 11 h ? demande Simon.

— Parfait ! dis-je en souriant pendant que Jules, qui n'a jamais lâché ma main, me tire vers la maison. Au revoir !

En repartant, j'entends sa mère lui dire en essayant d'être discrète :

— Elle est toute jolie, tu ne trouves pas ?

— Chutttt ! tais-toi maman, par pitié.

C'est rassurant de voir que toutes les mamans sont pareilles finalement. Je me fais la promesse de ne pas faire subir ça à mes enfants plus tard ou du moins de le faire discrètement.

11

Dimanche, 18 h, je m'écrase sur mon lit. Je suis épuisée, j'ai les jambes en compote, mais cette journée a été géniale. Comme convenu, j'ai retrouvé Simon à 11 h, devant la maison. Nous sommes partis à pied sans vraiment trop savoir par quoi commencer. Mais quand il a su que je n'étais pas encore allée voir la vue en haut du Mont-Royal, il m'a dit que nous étions obligés de commencer par ça. Visiblement, tout nouvel arrivant se doit d'aller là-bas, à peine le pied posé à Montréal.

C'est une colline en plein milieu de l'île de Montréal, qui domine toute la ville. Et après 30 minutes de marche à discuter de tout et de rien, nous avons fini par arriver au belvédère. J'ai bien été obligée d'admettre que la vue était vraiment belle. Cet endroit est entouré de forêts, avec le centre-ville en contrebas, et les différents quartiers éparpillés un peu partout ainsi que la nature à perte de vue, en plus de quelques montagnes au loin.

Nous sommes ensuite allés manger un sandwich à la viande fumée chez Schwartz. Simon m'a dit que c'était une institution ici et qu'il y avait souvent des gens prêts à faire la file d'attente pendant des heures pour en avoir un. Après avoir mangé le mien, j'ai compris pourquoi. C'était vraiment bon et le lieu était tellement rétro. Par contre, je ne suis décidément pas la plus élégante et raffinée quand il s'agit de manger un sandwich. En général, quand ce n'est pas la sauce qui coule, c'est la garniture qui essaye de s'échapper. J'ai toujours pensé que les sandwichs étaient la pire chose à manger lors d'un premier rendez-vous.

Cela dit, ça peut être un bon test pour voir si la personne est vraiment intéressée. Dans notre cas, ce n'était pas un rendez-vous, mais une sortie entre voisins, donc je pouvais bien manger ce que je voulais. Et même si ça avait été le cas, j'aurais quand même mangé ce sandwich plutôt qu'une salade.

Après ça, nous avons descendu le boulevard Saint-Laurent pour voir des graffs, puis la rue Drolet pour admirer des maisons peintes d'une couleur différente les unes des autres. C'est certain que plus tard je veux vivre dans l'une d'elles.

Simon est vraiment génial. En règle générale, il me faut toujours du temps pour être à l'aise quand je rencontre quelqu'un. Il y a toujours des blancs interminables dans la conversation, et encore plus quand c'est avec un garçon. Mais avec lui, c'est simple, facile, la situation n'est pas ambiguë et il fait tout pour me mettre à l'aise. Il fait partie du journal du lycée et m'a dit que si j'avais envie d'intégrer l'équipe, ce serait possible, car ils recrutent à la rentrée.

Je n'ai jamais fait ça, mais j'aime beaucoup l'idée, donc pourquoi pas? À côté de ça, il fait de l'ultimate Frisbee. Je pensais que c'était simplement des gars qui se lancent un frisbee, mais pas du tout. C'est un sport d'équipe où il faut se le lancer afin de l'amener dans la zone de but. Je suis loin d'être une grande sportive, mais j'ai vraiment envie de voir l'un de ses matchs. Je pourrais y aller avec Eddy, pour avoir un peu de compagnie. Admirer toute une équipe de gars en short, c'est certain qu'il va adorer l'idée.

Simon m'a aussi parlé de sa famille, ses deux mamans, l'arrivée de Hugo, ses grands-parents en France qui viennent chaque année, sa passion pour le cinéma, les auteurs qu'il aime bien et son côté *geek*. En l'écoutant parler, je trouve que nous avons de plus en plus de points en commun. C'est sûrement pour ça qu'il est facile de discuter avec lui.

Nous avons continué notre journée en passant par le centre-ville pour voir les gratte-ciel d'un peu plus près et écouter quelques chansons sur la Place des Arts. Il m'a expliqué qu'il y a plusieurs festivals de musique l'été, à cet endroit.

Il y a certes une partie de la programmation qui est payante, mais une grosse partie est gratuite et se passe en plein air. Il faut absolument que j'en parle à mes parents pour que l'on y retourne tous ensemble.

Nous avons terminé notre journée par une glace sur le Vieux-Port dans le quartier du Vieux-Montréal. D'ailleurs, Simon m'a expliqué qu'au Québec, on dit de la crème glacée et non de la glace. Ici, de la glace c'est simplement de l'eau gelée, par exemple des glaçons.

En arrivant devant chez nous, Simon a sorti une feuille pliée en quatre de sa poche et me l'a tendue.

— Pour faire en sorte que ton intégration se passe facilement.

En l'ouvrant, j'ai découvert toute une liste de mots québécois avec leurs significations. Impossible de ne pas rire en voyant ça.

— C'est le meilleur cadeau que l'on pouvait me faire ! Merci beaucoup, c'est génial, dis-je avec un immense sourire aux lèvres.

Il est génial ! Je l'ai remercié encore pour la journée, pour la liste, et on s'est dit à très vite.

Allongée sur mon lit, je ressors sa liste de ma poche pour la relire. Il va falloir que j'ajoute tout ça sur la liste que j'ai sur mon téléphone pour pouvoir l'emporter partout avec moi. En me levant pour l'accrocher sur mon tableau de liège au-dessus de mon bureau, je remarque qu'il a ajouté en bas :

« Voici mon numéro de cellulaire au cas où tu aurais besoin d'une traduction en direct ou si tu as besoin d'un guide touristique ».

J'enregistre son numéro dans mon téléphone et lui envoie de suite un message :

SIMON : Voilà mon numéro et merci encore pour la liste, elle va me sauver la vie.

Je le range dans ma poche et monte retrouver toute la famille pour manger. On discute de la journée de chacun tout en mangeant et je sens mon téléphone vibrer dans ma poche, je regarde discrètement, m'attendant à voir une réponse de Simon, mais ce n'est pas lui :

JEAN-MICHEL : Louise? Pas de réponse après 4 jours. Je me dis que j'ai vraiment fait mauvaise impression. Une dernière chance pour me rattraper?

Je ne sais pas quoi lui répondre, je remets mon téléphone dans ma poche. Ça peut attendre.

12

Ma timidité va être mise à rude épreuve durant les prochaines heures. C'est aujourd'hui qu'a lieu la soirée avec le voisinage.

Je suis vraiment heureuse de me dire qu'il va au moins y avoir Simon pour me tenir compagnie, parce que je suis persuadée qu'il ne va y avoir aucune autre personne de notre âge. On s'est vus plusieurs fois cette semaine quand on ne travaillait pas l'un et l'autre.

Une fois pour aller au cinéma, une autre pour qu'il me fasse découvrir un petit glacier vraiment bon, quand il faisait plus de trente degrés, et il m'a aussi emmenée chez un petit disquaire absolument fabuleux.

Je n'ai pas emporté ma platine vinyle, étant donné que les prises ne sont pas les mêmes qu'en France, mais c'est certain qu'avec mon salaire je vais m'en acheter une bientôt. Comme ça je pourrai de nouveau écouter les vieux 33 tours que m'a donné mon père et ceux que j'ai chiné sur des brocantes. En dehors de ça, la semaine a été plutôt calme.

J'ai accompagné Eddy dans une friperie complètement folle, qui s'appelle Eva B, c'est la plus grande que j'aie vu. Il voulait colorer un peu plus sa garde-robe et ça a été un vrai défilé. Du léopard, de la dentelle, du cuir, une veste en daim, il a tout essayé et a même réussi à me convaincre d'essayer une robe bleu marine à fleurs. En l'enfilant, j'ai été obligée de reconnaître qu'elle était vraiment jolie et j'ai fini par accepter de la prendre.

Je suis loin d'être particulièrement à l'aise dans mon corps avec mon absence de muscles et mes petits seins, mais je le vis plutôt bien. Je me dis qu'aucun corps n'est parfait, donc autant m'accepter. Et puis, je commence à me dire que je devrais peut-être me mettre à la course à pied. C'est Simon qui m'a donné envie d'essayer. Il fait presque chaque matin l'aller-retour jusqu'au belvédère du Mont-Royal. Ça ne m'aidera pas à avoir plus de seins, mais ça pourra peut-être m'aider à me muscler un peu.

Avec le travail et le décalage horaire, je n'ai pu parler que très peu à Mia. Ce n'est pas forcément évident de trouver le bon moment, mais elle a tout de même trouvé l'occasion de me dire à plusieurs reprises de répondre à Jean-Michel, ce que je n'ai pas encore fait.

Je préfère profiter de mon petit cercle d'amis pour le moment et continuer mon intégration en douceur. Avec la liste de Simon et les heures passées avec Eddy et Geneviève au travail, j'apprends des termes québécois chaque jour. D'ici peu, je serai une vraie experte.

En arrivant à la maison, je retrouve mon père qui est rentré tôt du travail pour la première fois depuis notre arrivée.

Il est en train de terminer la préparation d'une quiche et plusieurs pizzas, pendant que Mathieu s'occupe de répartir des biscuits en tous genres dans des bols et que les jumeaux grignotent en douce tout ce qu'ils peuvent.

Pas touche, les trolls, ou je vous fais dormir dans le cabanon, dit Mathieu.

— C'est pas toi qui commandes, lui répond la petite effrontée.

— Peut-être, mais en attendant, il a raison. Allez ranger votre chambre et préparer des jouets pour ce soir. Il va sûrement y avoir des enfants de votre âge, intervient mon père.

— Il va y avoir beaucoup d'enfants ? demande Jules un peu stressé.

— Le pauvre, il est aussi trouillard que moi. Je me demande vraiment de qui on tient ça.

— Aucune idée, mais déjà il va y avoir Hugo. Tu le connais, c'est le frère de Simon, dis-je en venant lui faire un bisou.

— C'est mon copain, lui ! Je vais aller préparer des jouets, dit-il avec conviction.

— Bonne idée, fonce ! lui dis-je pour le motiver avant qu'il ne change d'avis.

Il part en courant avec Chloé juste derrière lui. Et hop ! nous voilà débarrassés d'eux pour dix minutes. Maintenant que tout est installé, je peux aller me préparer avant que les invités arrivent. Pour l'occasion, je me suis décidée à enfiler ma nouvelle robe. Je n'en porte pas souvent, mais j'aime bien ça. Je prends un *selfie* pour l'envoyer à Eddy. Sa réponse arrive moins d'une minute après :

EDDY : T'es hot en sacrament !

Je souris en voyant sa réponse. En premier, à cause du compliment, mais aussi parce qu'il y a quelques semaines je n'aurais rien compris à ce message, alors que maintenant je sais de suite qu'il est positif et que c'est plus ou moins une façon de dire, en argot québécois mélangé à de l'anglais : « t'es belle, bordel ».

Depuis notre arrivée, j'ai pu remarquer que certaines personnes utilisaient régulièrement des mots anglais au milieu de leurs phrases. On le fait aussi en France, mais beaucoup moins j'ai l'impression. Simon m'a dit que ce sont plutôt les jeunes qui parlent comme ça et surtout les Montréalais. Il paraît que dans certains quartiers, l'anglais est plus présent que le français. Au travail, j'ai régulièrement des clients anglophones, mais à mon poste, ça ne me pose pas trop de problèmes.

Pourtant, je suis vraiment très loin d'avoir un bon niveau. Tout le contraire d'Eddy qui est bilingue. Je relis son message avant de lui répondre en souriant :

LOUISE : Tu en rajoutes un peu, c'est juste une robe.

EDDY : C'est pas des farces, je savais qu'elle serait parfaite sur toi ! Il va falloir que l'on sorte pour que tout Montréal te voie avec ! La piste de danse n'attend que nous !

LOUISE : Huuumm je vais réfléchir à ça. Je dirais peut-être oui si tu y vas avec ton nouveau pantalon léopard.

EDDY : *Deal* ma chérie ! J'organise ça !

Et merde, j'aurais mieux fait de me taire. Il ne me proposera plus jamais ça une fois qu'il m'aura vu danser. J'ajoute une petite touche de maquillage afin de finaliser ma tenue et me voilà prête. Je remonte dans le salon, mon téléphone vibre dans ma main, un message de Simon :

SIMON : Je suis désolé, mais je vais devoir t'abandonner pour ce soir. Je suis cloué au lit. Intoxication alimentaire.

Oh non ! mon seul et unique allié m'abandonne. Cette soirée s'annonce des plus ennuyeuse.

LOUISE : Je suis limite jalouse de ton intoxication. Bon courage en tout cas.

SIMON : J'envoie Hugo pour me remplacer.

LOUISE : Laisse tomber, je ne fais pas le poids face à des biscuits apéro et des Lego.

SIMON : En même temps, qui peut faire le poids face à des Lego ??

LOUISE : Espèce de *geek* ;)

Il est irrécupérable. Une fois prête, je retourne en haut pour les derniers préparatifs.

— Ma fille en robe, c'est rare ça ! Elle te va super bien. Je ne l'avais jamais vu avant, si ? me demande ma mère en me voyant arriver dans la cuisine.

— Non, je l'ai trouvée dans une friperie cette semaine. Tu as besoin d'aide ?

— Tout est prêt, il faut juste que l'on emmène tout ça à l'extérieur sur la table de jardin.

Après quelques allers-retours, tout est en place, il ne manque plus que les invités. Les premiers ne tardent pas à arriver. Un couple de l'âge de mes parents, puis un autre, suivi d'autres avec des enfants en bas âge, ce qui est parfait pour les jumeaux qui courent partout avec leurs nouveaux copains. Les mères de Simon et Hugo arrivent. L'une me glisse tout bas :

— Il voulait vraiment venir pour t'épargner une soirée ennuyeuse, mais il était loin d'être à son avantage dans son vieux pyjama E.T. l'extra-terrestre.

J'explose de rire en l'imaginant porter ça. Je suis certaine qu'elle n'était pas censée me révéler cette information, mais je ne vais pas manquer de me moquer de lui quand il ira mieux.

D'autres invités continuent d'arriver au compte-gouttes, pendant que Mathieu et moi nous ennuyons passablement.

Après deux heures à grignoter et discuter rapidement avec certains afin de ne pas paraître trop asociale, je finis par proposer à Mathieu une partie de Mario Kart. Il ne se fait pas prier et j'ai à peine le temps de finir ma phrase qu'il est déjà en train de courir vers la maison pour préparer les manettes. En entrant dans le salon, j'entends quelqu'un frapper à la porte, ce doit être encore des invités. Étant donné que tout le monde est dehors, je pars ouvrir avec déjà mon texte de bienvenue en tête, mais je reste sans voix après avoir ouvert la porte.

Jean-Michel est en face de moi. Une fois de plus, des dizaines de questions affluent en même temps dans mon esprit, mais le stress l'emporte et je lui referme la porte au nez.

Il frappe de nouveau...

J'inspire, j'expire, j'inspire, j'expire et finis par rouvrir après l'avoir entendu frapper encore une fois.

Je le vois sur le point de dire quelque chose, mais en le voyant de nouveau face à moi, comme ça avec son petit air arrogant, mon calme disparaît. Je l'attrape par le bras et le fais reculer dans l'allée.

— Mais t'es complètement taré en fait. C'est du harcèlement ce que tu fais. Quand une personne ne répond pas à un message, ça ne veut pas dire « il faut que j'aille sonner chez elle ». Comment tu as su que j'habitais là ? Tu m'as suivie ? Mon Dieu, tu m'as suivie ! T'es encore plus dingue que je le pensais. Ne m'approche plus et ne reviens plus jamais.

Sur ça, je le pousse d'un coup sec, les deux mains sur le torse pour le faire reculer et fais demi-tour jusqu'à la maison avant de claquer la porte derrière moi. Non, mais pourquoi il a fallu que ça tombe sur moi ? J'avais raison de dire qu'il y avait un truc pas net chez lui.

Je retrouve Mathieu dans le salon qui m'attend, prêt à jouer. Je prends la manette qu'il me tend, les mains tremblantes après ce qu'il vient de se passer.

Ma mère entre juste à ce moment-là dans la maison avec Chloé dans ses bras et qui pleure. Heureusement que c'est moi qui ai ouvert la porte et non elle. Avec sa gentillesse, elle aurait fait entrer ce dingue chez nous. Pile au moment où elle passe devant l'escalier pour monter au premier étage la sonnette de la porte se met de nouveau à sonner. Je saute du canapé en courant vers la porte avant ma mère :

— J'y vais, maman, c'est bon. Monte t'occuper de Chloé, dis-je dans la précipitation, en essayant de lui bloquer la porte.

— Mais non, c'est bon, je vais ouvrir à nos invités. Je monterai après, dit-elle en me mettant Chloé dans les bras et en me contournant.

Elle ouvre la porte et, comme je le craignais, c'est encore lui.

Je ne sais pas quoi dire, je n'ose pas intervenir et, de nous quatre, c'est lui qui parle en premier.

— Bonsoir, j'suis Jean-Michel Tremblay, mes parents doivent déjà être arrivés. Ils m'ont dit qu'ils étaient chez vous et que je devais passer récupérer les clefs de notre auto.

Si ma mâchoire pouvait se détacher du reste de ma tête, elle serait sûrement déjà en train de rouler jusqu'au trottoir.

J'ai envie de disparaître, la honte m'envahit, je dois être rouge pivoine, j'ai chaud et je réalise que j'ai dû avoir l'air d'une folle furieuse. Je n'ose même pas le regarder.

— Bien sûr ! entre. Bienvenue chez nous. Je te présente mes filles, Louise et Chloé. Tes parents sont dans le jardin, tu peux aller les retrouver ; j'arrive dès que j'aurai soigné ce bobo, dit-elle en me reprenant Chloé dans ses bras.

Pendant que ma mère commence à monter l'escalier, j'entends Chloé dire :

— C'est le vendeur.

Jean-Michel pouffe de rire en entendant ça, moi j'ai les yeux qui s'écarquillent, prêts à sortir de leurs orbites, et j'entends ma mère ajouter :

— Mais non, qu'est-ce que tu racontes ? Ce n'est pas un vendeur, c'est un invité. Louise, tu t'occupes de lui servir à boire, s'il te plaît.

Je ne réponds rien, je suis incapable de bouger, ou de prononcer le moindre mot. J'ai envie de mourir. Trouvez-moi une pelle que je puisse aller m'enterrer au fond du jardin. Je ne peux pas rester indéfiniment plantée là avec lui et son petit sourire en coin. Il faut que je réagisse, que je bouge, que je dise quelque chose, mais quoi ? J'opte finalement pour le déni. Je peux toujours essayer de faire comme si les dix dernières minutes n'avaient pas existé.

— Qu'est-ce que tu veux boire ?

— Une bière, s'il te plaît.

Bordel, ce sourire satisfait... Je ne vais pas pouvoir survivre. J'ai dû être vraiment méchante dans une autre vie pour que l'on me fasse ça. Je tourne les talons et me dirige dans la cuisine pour trouver une bière.

J'ouvre le frigo, prends n'importe laquelle étant donné que je n'y connais rien et la lui tends en évitant soigneusement de croiser son regard. Il faut que j'essaye de me débarrasser de lui au plus vite.

— Tes parents sont dans le jardin. Tu peux aller les retrouver, c'est par là, dis-je en lui montrant la direction de la main.

— Parfait, merci.

Il me contourne pour aller les retrouver, mais ne peut s'empêcher d'ajouter :

— T'inquiète, je reviens vite !

Qu'il prenne son temps, je ne suis pas pressée de le voir revenir. Pourquoi Simon n'est pas là ?

Je serais prête à aller nettoyer son vomi juste pour ne pas voir le séquoia. Je retourne voir Mathieu qui s'est lancé dans une partie en solo. Il a dû en avoir marre de m'attendre et je ne peux pas vraiment lui en vouloir.

Je tourne en rond, je suis incapable de m'asseoir, j'hésite entre aller voir ma mère et Chloé, aller m'enfermer dans ma chambre, jouer avec

Mathieu pour faire comme si de rien n'était ou carrément partir de la maison.

Le temps que mon cerveau se décide, il est déjà trop tard; il est de retour, un trousseau de clefs de voiture à la main. Avec un peu de chance, il ne fait que passer et va partir ailleurs. Sauf que la chance n'est pas avec moi aujourd'hui et, au lieu de ça, il décide d'aller s'asseoir à côté de Mathieu.

— Je peux faire une partie avec toi? lui demande-t-il, tout en croisant mon regard et me faisant un clin d'œil.

Non, mais j'hallucine. Il est en train de se foutre de moi. Il joue avec mes nerfs. Je ne peux même pas lui dire de partir, cela dit, je peux toujours lui suggérer.

— Tu ne devais pas aller ailleurs après avoir récupéré tes clefs?

— Si, mais finalement je préfère rester un peu. Je ne m'attendais pas à ce que la soirée soit aussi sympa.

J'ai envie de l'étriper!! Mon frère et lui enchaînent les parties, cette soirée est un cauchemar. Je reste là à les regarder du coin de l'œil et croise par moment son regard narquois. Je ne peux pas passer la soirée comme ça, il faut que je trouve une solution.

— Je joue la prochaine partie contre le gagnant.

Il a déjà gagné la plupart des courses, donc il devrait aussi gagner celle-ci. Et c'est ce qui arrive quelques minutes plus tard. Mathieu en profite pour retourner chercher à boire et à manger.

Avant que la partie ne commence, je me tourne vers Jean-Michel et lui dis :

— Si je gagne cette partie, tu pars de chez moi.

— OK! mais si c'est moi qui gagne, tu viens manger une poutine juste après, avec moi.

— Hors de question.

— Mais pourquoi? J'suis certain que tu n'as pas encore goûté. Tu dois essayer.

— Je vais y goûter, mais sans toi.

— Pourquoi tu m'détestes autant? C'est moi qui devrais être vexé. Tu n'as jamais répondu à mes textos et tu m'vires de chez toi.

Il marque un point... Je réfléchis quelques secondes.

— OK, j'accepte! lui dis-je.

— Tu vas voir, c'est délicieux une poutine! me dit-il avec un sourire aux lèvres.

Il doit penser que je suis nulle aux jeux vidéo parce que je suis une fille, mais il a tout faux. J'ai passé des soirées entières à jouer avec des amis ou Mathieu et, la plupart du temps, c'est moi qui ai gagné.

Nous choisissons nos personnages, nos karts, le circuit, et c'est parti !

Il est hors de question que j'aille n'importe où avec ce gars. Je fais un bon départ, je suis en tête, il essaye de me rattraper, mais j'arrive toujours à lui envoyer une bombe ou une peau de banane pour le ralentir. Les deux premiers tours se passent à la perfection, il ne peut pas gagner, c'est impossible.

La fin du dernier tour approche, la victoire est à moi. Et là, d'un coup, il m'envoie trois carapaces rouges à la suite. J'arrive à en esquiver deux, mais la dernière me touche et il me dépasse juste avant la ligne d'arrivée.

— NOOOOONNNN !! C'est de la triche.

— Mauvaise perdante, la Française ? Enfile ta veste, on sort manger une poutine !

J'aurais vraiment dû parier autre chose. Je refuse de lui donner raison et de passer pour une mauvaise perdante. Note à moi-même : ne plus jamais parier de ma vie !

— Je vais chercher ma veste et voir mes parents, je te retrouve dehors !

Je me lève, pars dans ma chambre, récupère ma veste, mon sac, je vérifie à quoi je ressemble dans le miroir et ressors pour aller trouver mes parents. Je demande l'autorisation à ma mère en espérant qu'elle dise non, mais c'est tout le contraire.

Elle sautille de joie en entendant ma demande. Je n'ai donc plus d'échappatoire. Je retourne dans la maison, récupère mon téléphone, le glisse dans la poche de ma veste et me dirige vers l'entrée de la maison. J'ai eu naïvement l'espoir qu'il serait parti, mais non.

Il est devant mon allée à m'attendre en souriant, les mains dans les poches de son pantalon beige.

13

On vient de s'installer à la table d'un petit restaurant qui s'appelle « Chez Claudette ». Je m'attendais à ce qu'il n'y ait presque personne, mais c'est tout l'inverse. Ça grouille de monde. Je ne vais surtout pas le lui dire, mais j'ai hâte de goûter la poutine. C'est un plat composé de frites avec par-dessus des boules de fromages et une sauce. Tout le monde me parle de ça depuis que je suis arrivée.

C'est LE plat emblématique du Québec.

Ça ne semble pas être un lieu à la mode où l'on vient pour faire des photos Instagram de la déco, mais plutôt l'endroit où les habitués et amateurs de poutines se retrouvent à n'importe quel moment de la journée. Le restaurant est à 10 minutes à pied de chez moi.

Durant le trajet, nous avons peu échangé. Je ne sais pas quoi lui dire, je suis loin d'être aussi à l'aise avec lui qu'avec Simon. Nous en sommes restés aux questions classiques sans vraiment approfondir, et je sais maintenant qu'il a 18 ans, mais étant donné sa carrure je pensais qu'il était plus âgé. Il m'a aussi dit qu'il étudie en graphisme, qu'il joue de la guitare dans un groupe et qu'il est fils unique.

— Pourquoi est-ce que tu n'as jamais répondu à mes messages ? me demande-t-il d'un coup.

Je n'étais clairement pas préparée à cette question.

— Euh... J'ai été très occupée avec l'arrivée, l'installation et mon travail.

En réalité, je ne sais pas trop pourquoi je n'ai pas répondu. Peut-être par peur, peut-être aussi parce que je n'en voyais pas vraiment l'intérêt et parce que je n'ai pas envie de me lier à quelqu'un qui a l'air d'avoir des arrière-pensées, me dis-je en repensant à ses premiers messages.

— Bon, et si on recommençait à zéro, propose-t-il.

Je n'ai rien à perdre après tout, donc pourquoi pas ?

— OK, dis-je avec un minuscule sourire.

En me tendant la main, il me dit :

— Jean-Michel, enchanté !

J'agrippe sa main pour la lui serrer en retour avant de lui dire :

— Enchantée, Jean-Michel, moi c'est Louise.

Nos poutines arrivent pile à ce moment-là.

Il est possible d'ajouter toutes sortes de choses en supplément, par exemple de la viande, des légumes ou autres, mais Jean-Michel m'a conseillé d'essayer la classique pour un premier essai. Ça a l'air vraiment bon ce truc-là ! Première bouchée, c'est un régal. Le fromage couine quand on le mâche.

— Alors, qu'est-ce t'en penses ?

— C'est pas mal, dis-je faussement blasée.

Par fierté, je n'ai pas envie de lui avouer que je trouve ça super bon.

— J'suis certain qu'tu trouves ça mieux qu'pas mal, dit-il en rigolant.

— Bon d'accord, c'est super bon. Satisfait ?

— Oui très ! dit-il avec un grand sourire.

Je commence à me détendre, à être moins sur la défensive, à me dire qu'il est plutôt sympa au final. On discute de tout et de rien.

De ma vie en France, de ce que je trouve différent entre ici et là-bas, de ma tranquillité d'esprit qui grandit jour après jour depuis notre arrivée. Et lui me parle de sa passion pour le dessin, le fait qu'il a toujours voulu avoir des frères et sœurs, mais que ce n'est jamais arrivé étant donné que ses parents travaillent beaucoup et qu'ils ne sont pas spécialement présents. Il me raconte son voyage à travers les États-Unis, qu'il a fait avec son meilleur ami, l'été dernier pendant deux mois. Son voyage avait l'air d'être fantastique. J'adorerais faire la même chose avec Mia un jour. Il faut que je lui en parle pour l'année prochaine. On discute de nos différents amis et je parle évidemment d'elle, de Simon et d'Eddy. Quand il commence à me parler des siens, je lui demande :

— Et le gars qui était à la boulangerie la dernière fois, quand on s'est croisés, tu le connais depuis longtemps ?

— Quel gars ?

— Celui qui avait une casquette.

L'air pensif, il ne répond pas tout de suite

— Non, ça m'dit rien. Tu dois t'tromper, j'pense.

Maintenant, j'ai un doute. Il ne le connaissait peut-être pas du tout et j'ai halluciné. Ce ne serait pas la première fois. On discute comme ça pendant des heures et petit à petit il me fait rire, me fait oublier qu'il y a quelques heures j'avais envie de l'étriper. J'en viens même à me dire qu'une partie de moi est contente d'avoir perdu à Mario Kart.

Lorsque nous nous apercevons que le restaurant s'est considérablement vidé au fil des heures, nous décidons de le quitter tout en continuant nos discussions. Alors que nous parlons des pays que nous voulons visiter, il me demande :

— Et tu as laissé ton chum en France ?

Je pensais échapper à ce sujet-là ou du moins je l'espérais. Simon m'a expliqué que « chum » voulait dire copain dans le sens amoureux, mais pour gagner du temps, je fais comme si je ne comprenais pas.

— Mon quoi ?

— Ton copain.

Je ne sais pas quoi lui répondre, je ne sais d'ailleurs pas si j'en ai envie. Je ne parle jamais de ça, je n'aime pas aborder ce sujet qui est encore trop douloureux pour moi. Et d'un coup, je repense à Mia, je repense à ses conseils, ses paroles, et je décide de lui dire la vérité.

— Il est mort, donc je me dis que d'une certaine façon, la réponse est oui.

Le temps s'étire sans qu'il ne sache quoi répondre. En même temps, qui pourrait répondre quelque chose à ça ? Je n'ai peut-être pas été très subtile de lui dire ça de cette manière.

— J'suis désolé pour toi, Louise.

— Tu n'y es pour rien. C'est la vie, j'imagine.

— On se connaît peu, mais tu veux en parler ?

Et là tout sort comme un flot. J'en ai parlé à très peu de personnes, mais là face à lui, ce quasi-inconnu, ce garçon à qui j'avais adressé seulement quelques phrases avant ce soir, je raconte tout. Je lui explique que mon premier amour s'est suicidé. Que tout allait bien jusqu'au jour où, petit à petit, il a commencé à se renfermer, à moins me parler, jusqu'à ce qu'il décide qu'il n'avait plus envie de vivre, parce que même s'il m'aimait, il ne supportait plus sa vie et ce qu'il subissait au lycée. Je lui parle de toute la culpabilité que j'ai ressentie, me disant que j'aurais dû être là pour lui afin que les choses s'arrangent, lui montrer qu'il y avait de belles choses et non le laisser s'enfermer dans cette dépression.

Et même s'il m'a laissé une lettre pour me dire que j'avais été parfaite et que rien n'était de ma faute, je me dis que j'étais sa copine. Quand on est en couple, on est censé être heureux et non déprimé, mais mon amour n'a visiblement pas été assez fort pour l'empêcher de faire ça. Et depuis tout ça, je ne veux plus me lier avec quelqu'un, de peur que le même schéma se reproduise.

Nous gardons le silence quelques secondes qui me paraissent des heures, puis il finit par dire :

— J'sais que j'aurai jamais les mots suffisants, mais j'suis vraiment navré pour toi, et j'suis persuadé qu'sa lettre disait vrai et qu'tu n'y étais pour rien. On a tous nos démons et parfois on n'arrive plus à vivre avec. Dans l'fond votre déménagement ici c'est sûrement une très bonne chose, même si tu penses encore le contraire pour le moment.

— Un jour je te donnerai peut-être raison.

— Toi, m'donner raison ?? Tu préférerais manger une livre de roches que m'donner raison, tellement t'es têtue.

Je commence à rigoler.

Il a raison, je suis bien trop fière et têtue avec lui, alors qu'avec les autres je suis tout l'opposé.

— Merci d'avoir écouté, lui dis-je d'une petite voix, alors que nous arrivons vers chez moi.

— De rien, et on peut remettre ça quand tu veux autour d'une poutine.

— Je vais y penser, mais l'idée est bonne, lui dis-je en m'arrêtant devant mon entrée.

— Bonne nuit, Louise, à bientôt ! dit-il en souriant avant de faire demi-tour pour rentrer chez lui.

Quand il arrive au bout de l'allée, j'ajoute :

— Au fait, désolée pour l'accueil de ce soir.

— Excuses acceptées. J'ai bien cru m'faire tuer, mais ça valait l'coup ! Par contre j'te laisse me texter, comme ça j'pourrai ne pas répondre moi aussi.

Je referme la porte derrière moi, les lumières de la maison sont éteintes, mais je vois qu'il y a encore de la lumière dans le jardin. Je m'approche doucement pour voir s'il reste encore beaucoup d'invités. Et, à ma grande surprise, il ne reste plus personne en dehors de mes parents qui dansent sur une musique douce en fond sonore avec quelques guirlandes lumineuses par-ci par-là dispersées dans le jardin pour apporter une douce lumière. À cause des talents de danseur de mon père, ils ne font que se balancer d'un pied à l'autre doucement, en restant enlacés. Les voir ensemble me procure toujours une certaine tranquillité d'esprit. Je n'y ai jamais pensé, mais revenir ici doit leur rappeler des millions de souvenirs.

Ils se sont rencontrés à Montréal pendant leurs études, il y a 30 ans, et y sont restés pendant un peu plus de 10 ans. Pendant toutes ces années de vie ici, ils ont obtenu leur citoyenneté canadienne, ce qui a fait qu'à notre naissance, nous avons pu nous aussi profiter de cette double nationalité. J'avais toujours trouvé ça inutile, mais aujourd'hui je réalise la chance que nous avons.

Je les regarde danser l'un contre l'autre, ils ont l'air si heureux et amoureux. Les derniers mois ont été éprouvants pour nous tous, autant à cause de moi qu'à cause du déménagement, mais je me dis que cette nouvelle vie ici nous fait du bien à tous.

Il est temps que j'aille me coucher, je suis épuisée. Je rentre discrètement dans la maison, laisse un *post-it* sur la table pour leur souhaiter une bonne nuit et pars dans ma chambre. Dix minutes après, je suis déjà dans mon lit. J'attrape mon téléphone pour écrire un message à Mia :

LOUISE : Il faut absolument que l'on se parle ce week-end. Pour te donner un avant-goût, j'ai encore eu l'air d'une folle furieuse, mais j'ai passé la soirée avec Jean-Michel. Il est finalement beaucoup plus sympa que ce que je pensais. J'espère que tu vas bien. On s'appelle vite, je t'aime, tu me manques !

Et avant de reposer mon téléphone, j'ouvre mes messages afin d'en envoyer un à Jean-Michel.

LOUISE : Merci pour la poutine, pour l'écoute, et si tu as besoin de te faire hurler dessus, n'oublie pas de revenir sonner chez moi ;)

Je suis encore morte de honte en repensant à ce début de soirée. Je me demande bien ce qu'il a pu se dire.

J'ai dû avoir l'air d'une cinglée. J'en rigolerai peut-être dans quelque temps. En attendant, je vais essayer de dormir pour oublier.

14

Pourquoi tout le monde parle du froid polaire qu'il fait au Québec durant l'hiver, mais pas de la chaleur étouffante qu'il fait durant l'été ? J'ai l'impression de me liquéfier dès que je fais un mouvement. On est mi-août et plusieurs amis me disent qu'il peut faire chaud comme ça jusqu'à la fin septembre. Je ne suis pas certaine de survivre. Je viens de me rendre compte qu'il reste seulement deux semaines avant que les vacances ne se terminent. Le stress d'arriver dans un nouveau lycée commence à se faire sentir.

Heureusement, j'aurai Simon comme guide et il pourra me présenter ses amis qui sont, pour la plupart, rentrés en France pour les vacances.

Depuis la soirée voisinage, je n'ai pas eu le temps de m'ennuyer. Simon a fini par s'arrêter de vomir et nous avons pu de nouveau parcourir les rues pour que je me familiarise avec cette ville. Il m'a fait découvrir toutes sortes d'endroits atypiques. J'ai aussi passé du temps en famille. Mon père commence à se faire à son nouveau travail ; il rentre plus tôt, ce qui fait que nous pouvons enfin découvrir la ville tous ensemble. Nous sommes allés voir plusieurs concerts gratuits en centre-ville, nous avons essayé un ou deux restaurants et passé de nombreuses heures dans les parcs ou à la piscine. Il est possible d'apporter son barbecue et pique-niquer dans les parcs, donc nous avons tenté l'expérience avec la famille de Simon, mais avec trois monstres de 6 ans c'est vite ingérable.

Nous nous sommes très vite dit que la tranquillité de notre jardin était une bien meilleure option, surtout quand Chloé a voulu aller chercher une saucisse dans le barbecue d'un autre groupe de personnes parce que, selon elle, les nôtres ne cuisaient pas assez rapidement. À côté de ça, j'ai enfin réussi à trouver le bon horaire pour parler à

Mia. On essaye de s'appeler soit le matin quand je me prépare pour aller travailler ou au contraire, quand je termine, ce qui permet d'occuper sa fin de soirée pendant mon trajet retour.

Elle a évidemment pleuré de rire quand je lui ai raconté comment j'avais accueilli Jean-Michel lorsqu'il était venu frapper chez nous. Et depuis, elle prend un malin plaisir à m'appeler la folle furieuse. Quand elle a eu fini de pleurer de rire, elle m'a dit qu'elle était fière de moi d'avoir enfin trouvé le courage de raconter mon passé à quelqu'un. De son côté, elle a démissionné de son gardiennage d'enfants, elle n'arrivait plus à les supporter et elle s'est plutôt trouvé un poste dans un magasin de vêtements.

Et pour finir, j'ai revu Jean-Michel. Nous avons instauré le rituel de la poutine, ce qui consiste à en essayer une nouvelle chaque semaine.

Il passe aussi régulièrement à la boulangerie prendre un café, quand il travaille à la librairie et qu'il est en pause, et je réponds enfin à ses messages. Nous apprenons à nous connaître au fil du temps et j'essaye d'ouvrir ma carapace petit à petit. Il doit justement passer dans pas longtemps, pour que nous allions manger une poutine au foie gras. J'ai d'ailleurs du mal à voir l'intérêt de ce plat. J'ai l'impression que ça gâche autant le foie gras que la poutine.

JEAN-MICHEL : J'suis devant chez vous ! Il est temps de goûter la rencontre entre la France et le Québec en un seul plat.

Je rigole en voyant son message. C'est plutôt bien résumé. Je le retrouve dehors, il porte un T-shirt blanc et un jean. Je ne sais pas comment il fait pour supporter un pantalon avec cette chaleur. En ce moment, dès que je peux, j'opte pour un short ou une robe. J'ai d'ailleurs ressorti la robe que j'avais trouvée avec Eddy.

Il revient dans deux jours de ses vacances et j'en suis impatiente, parce que sans lui ça manque un peu d'ambiance au travail ; même si l'équipe est géniale, son grain de folie est irremplaçable.

— C’est dans cette tenue que t’as été à deux doigts d’me mettre une claque, j’dois-tu m’inquiéter ?

— J’aurais peut-être dû te la mettre cette gifle, ce jour-là. Au moins tu pourrais vraiment avoir de quoi te plaindre, dis-je en arrivant à sa hauteur.

Il y a toujours un tout petit laps de temps gênant quand on se voit, parce qu’en tant que Française j’ai été habituée à faire la bise à tout bout de champ, alors qu’ici ils ne la font pas spécialement, ce qui fait que je me demande toujours si je dois la faire ou non. J’essaye en général de trouver une parade à cela et, aujourd’hui, le fait que nous commencions par une petite série de joutes verbales est une bonne échappatoire.

— T’aurais pas osé abîmer cette belle face, j’suis certain. C’est pour ça qu’t’as préféré me pousser.

— Je vais peut-être aller manger une poutine toute seule !

— Ah non, c'est notre tradition! T'as pas l'droit d'y aller seule ou avec quelqu'un d'autre.

— Je n'étais pas au courant qu'il y avait un règlement.

— Normal, je viens de l'établir, mais maintenant t'es au courant.

Il y a une vingtaine de minutes à pied pour se rendre jusqu'au restaurant. On parle de notre journée respective et il finit par me demander :

— Pis quoi d'prévu pour cette fin de semaine?

J'ai compris, après quelques semaines, que fin de semaine était la traduction de week-end, alors qu'au début je pensais que les gens parlaient du jeudi ou vendredi. Je pense qu'en un mois et demi ici j'ai vécu plus de quiproquo et d'incompréhension qu'en 17 ans en France.

— Demain, bricolage avec mon père, mais en dehors de ça, je ne sais pas trop, sûrement voir Simon. Et toi ?

— Rien de fixe pour le moment. Vous devez faire quoi avec ton père ?

— On doit poncer et vernir une grande table en bois pour la salle à manger et on doit aussi réorganiser le cabanon que l'on a dans le jardin.

— Grosse job en perspective. Le cabanon peut pas attendre la semaine prochaine ? On devrait faire quelque chose à la place, qu'est-ce t'en dis ?

— Hummm, je ne sais pas, il faut que je voie. Je repousse tout le temps le moment de m'en occuper, là au moins ce serait fait.

— Ta cabane passe avant une sortie avec moi ? dit-il, faussement vexé.

— Elle passera toujours avant toi, lui dis-je juste pour l'agacer.

Nous arrivons enfin au restaurant. J'ai le ventre qui est sur le point de se mettre à gargouiller. Il était temps ! Il n'est que 18 h, mais il y a déjà beaucoup de monde. Ici, les gens mangent souvent à 18 h, voire parfois à 17 h, et je dois dire que ça me convient parfaitement. Je n'ai jamais aimé attendre jusqu'à 19 h ou 20 h pour manger.

On nous place rapidement à une table et, comme nous savons déjà ce que nous voulons, nous commandons de suite. Moins de 15 minutes après, on nous sert nos poutines et nous mangeons le tout en aussi peu de temps.

Elle était super bonne, mais ça ne vaut pas une poutine classique, à mes yeux. Étant donné l'heure raisonnable à laquelle nous sortons du restaurant, nous profitons de la fraîcheur qui s'installe petit à petit avec la nuit pour nous balader dans les rues du quartier en faisant des détours.

Quand nous finissons par arriver devant chez moi, il me dit :

— Bon, j'te dis bonne nuit, tu m'diras si t'es libre demain.

— Je te texte si je termine tôt tout ce que j'ai à faire. Bonne nuit, dis-je avant de fermer la porte.

15

Les yeux encore fermés, j'entends du bruit dans notre jardin. Qu'est-ce que ça peut être ? Je pense en premier à un raton laveur, parce qu'une nuit en allumant ma lumière j'en ai vu un juste devant ma moustiquaire. Je pense avoir réveillé la moitié du voisinage en hurlant. Mais là, le bruit est différent et persiste. Il faut que je sache d'où ça vient, sinon je ne vais jamais pouvoir me rendormir et je sais très bien que mon esprit va divaguer en imaginant des millions de choses.

Les fenêtres de ma chambre donnent directement sur notre jardin et mon père a installé un système d'éclairage extérieur que l'on peut déclencher avec une télécommande. Depuis l'épisode du raton laveur, j'ai décidé de la garder dans ma chambre pour allumer et faire fuir les prochains envahisseurs poilus qui rôderaient. Il est 2 h du matin, je sors donc de mon lit, attrape à l'aveugle la télécommande et appuie dessus, m'attendant à voir un animal dans le jardin, mais c'est tout sauf un rongeur. Quelqu'un se tient devant notre cabanon et tente visiblement de l'ouvrir, mais le déclenchement de la lumière lui fait peur et je le vois partir en courant après avoir regardé autour de lui.

Je suis tétanisée, je n'ose plus bouger. Qui peut bien vouloir entrer dans notre cabanon? Impossible de me rendormir après ça. Je n'ai pas envie d'aller voir mes parents en plein milieu de la nuit et, de toute façon, ça m'étonnerait que la personne essaye de revenir cette nuit après ça. Je passe tout de même le reste de la nuit à me réveiller dès que j'entends un bruit et à déclencher la lumière juste pour m'assurer qu'il n'y a personne.

Je raconte à mon père ce qui s'est passé et il me rassure en me disant que la personne a dû penser que nous avions plein d'outils, qu'il va en parler aux autres voisins et qu'il mettrait une lampe à détecteur de mouvements si ça pouvait me rassurer. Je ne sais pas si ça va vraiment me rassurer, mais il faut bien essayer.

Nous passons toute la matinée et une partie de l'après-midi à poncer notre table, la nettoyer, puis la vernir. Elle va être magnifique dans la salle à manger. Mon père est au téléphone depuis dix minutes et ça n'annonce rien de bon.

— Louise, je dois partir, j'ai une urgence au travail. Je peux te laisser ranger les quelques planches et les outils dans le cabanon ?

— Pas de problème, je m'occupe de ça.

— Merci, à tout à l'heure.

Il a à peine fini sa phrase qu'il a déjà disparu dans la maison.

Je vais donc m'occuper seule de ce cabanon. Cela dit, ça ne devrait pas me prendre trop de temps étant donné sa taille et le peu de choses qu'il y a dedans. Une grande gorgée d'eau sous ce soleil de plomb et… c'est parti !

Je déplace, nettoie, réarrange tout depuis vingt minutes afin de gagner de l'espace. En voulant entreposer des planches sur le côté de l'établi, j'accroche quelque chose sans le vouloir et une plaque de bois tombe au sol. Celle-ci protégeait l'un des pieds de l'établi. Je me penche pour la ramasser et la remettre en place quand je vois un sac noir à l'intérieur. Je sens déjà les problèmes arriver à l'avance. Je ne devrais pas y toucher, je ne devrais vraiment pas y toucher ! Tant pis, j'y touche quand même ! L'enquêtrice qui sommeille en moi ne peut pas s'en empêcher.

Je le sors de sa cachette et commence à regarder ce qu'il y a dedans. Un petit carnet que je feuillette aléatoirement. À l'intérieur des noms, parfois juste deux lettres, des dates, et plusieurs colonnes de chiffres. Je le pose à côté pour passer à la suite.

Une grande enveloppe jaune dans laquelle se trouvent des photos. Elles ne sont pas de très bonne qualité, mais on distingue tout de même diverses personnes. Je regarderai mieux ça plus tard. En plongeant de nouveau la main dans le sac, j'en sors un téléphone portable. J'essaye de l'allumer, mais la batterie est vide, ce qui était à prévoir. Je me dis que j'ai peu de chance de trouver le code, mais je le chargerai quand même tout à l'heure. J'avais aussi senti une boîte en métal. En l'ouvrant je lâche un :

— Putain, mais qu'est-ce que c'est que ce truc ?

Une liasse de billets se trouve à l'intérieur ainsi qu'un permis de conduire. En regardant la photo, je reconnais immédiatement le visage de Jean-Michel, même si le nom indique François Simard. Je n'ose plus rien toucher, je ne veux rien toucher.

Certes, j'ai toujours adoré résoudre des énigmes, jouer au Cluedo et, plus jeune, je rêvais secrètement de travailler un jour dans la police, mais là, je sens déjà la panique en moi. J'hyperventile !

Je sens les bouffées de chaleur comme si j'étais proche de la ménopause. Je n'ai rien d'une Lara Croft, pleine d'assurance et courageuse. Non, moi je suis la fille à lunettes, plutôt discrète, qui fait des photos dans son coin, qui aime la déco, passer ses week-ends à regarder des films, manger dans des fast-foods et qui tombe dans les pommes dès qu'elle voit un peu de sang. Qu'est-ce que je peux bien faire de tout ça ? Qu'est-ce que ça fait là ? Et surtout pourquoi la photo de Jean-Michel se trouve-t-elle sur ce permis ? Les mains tremblantes je remballe vite le tout dans le sac noir, le place dans un carton et l'emporte dans la maison.

J'ai sûrement regardé trop de films, mais je n'ose plus toucher à quoi que ce soit. La curiosité l'emporte, j'ai besoin de revoir les photos. Je dispose tout sur le sol de ma chambre. Je les regarde attentivement et, sur plusieurs, il y a le même homme. Je le reconnais enfin. Le gars à la casquette. Celui de la boulangerie, que j'avais vu quand je parlais à Jean-Michel.

À qui appartient tout le contenu de ce sac ? À Jean-Michel ? Ça me semble tout à fait possible.

Il m'a répété de faire autre chose que d'aller dans le cabanon, il m'a dit qu'il ne connaissait pas le gars à la casquette, alors qu'un faux permis avec sa tête se trouve dans le même sac contenant plusieurs photos de ce gars-là.

Je lui ai fait confiance, je lui ai confié des choses que je n'avais dites qu'à peu de personnes, parce que je le croyais différent. Il savait peut-être depuis le début que je vivais dans cette maison.

Il m'a peut-être manipulée afin de pouvoir récupérer son sac. Et hier soir, c'était sûrement lui que j'ai fait fuir.

Une chose est certaine, il va falloir qu'il s'explique.

À suivre...

Remerciements

Un immense merci à toutes les personnes qui suivent mes aventures sur YouTube depuis bientôt 3 ans. Vous avez changé ma vie et, sans vous, ce livre n'existerait pas. Merci aussi à Christian, mon éditeur, d'avoir vu en moi une âme d'auteure que je n'avais jamais osé laisser s'exprimer. Benjamin, merci d'avoir été là pendant ces semaines d'écriture à me rassurer et à accepter que l'on mange tout et n'importe quoi, juste pour me faire plaisir.

Un merci tout particulier à Gus, mon petit chat, qui m'a tenue au chaud, allongé sur ou sous mes jambes durant des heures entières, pendant que je pianotais sur mon clavier. Merci également à mon entourage, famille et amis pour votre soutien, vos bons mots et votre enthousiasme à l'annonce de ce projet.

Et pour finir, un grand merci à vous qui lisez ces lignes.